디피플

차례

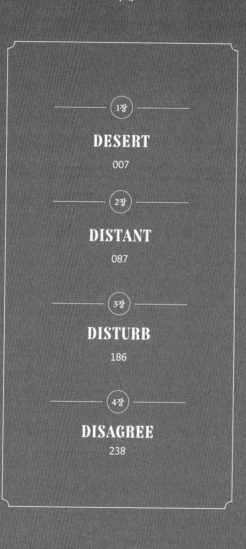

DESERT

1

며칠째 불볕더위가 이어지는 한여름의 낮, 한 소년이 강렬하게 내리쬐는 볕 아래를 걷고 있었다. 뒤축이 떨어진 신발이 걸을 때마다 딱딱거리며 볼썽사나운 소리를 냈지만 그는 개의치 않았다.

"……."

소년은 이 근방에서 가장 큰 카페 앞에서 걸음을 멈추고 안을 살폈다. 소년이 움직일 때마다 목에 걸린, 십자가 안에 또 십자가가 겹친 독특한 모양의 목걸이가 반짝였다. 한참이나 카페를 살피던 소년은 이내 목걸이를 티셔츠 안으로 집어넣으며 카페의 문을 열었다.

"아, 뭐야……."

소년이 들어오자 음료를 버리던 여자가 코를 막았다. 그 모습에 소년이 유리에 비친 자신을 살폈다. 땀에 절고 잔뜩 늘어난 연회색 티셔츠, 노란색 머리 끈으로 질끈 묶은 기름진 머리, 해진 청바지와 뒤축이 떨어진 신발까지. 영락없는 가출청소년의 모습이었다.

"그거 버리실 거예요?"

소년은 여자가 쥔 컵을 가리키며 자신에게 달라는 몸짓을 했다. 컨디바에 음료를 버리려던 여자는 그의 손 위에 컵을 올려놓고 더러운 오물을 피하듯 잰걸음으로 자리를 벗어났다.

"땡잡았네."

기분이 나쁠 법한데, 소년은 개의치 않으며 반쯤 남은 잔을 들어 음료와 얼음을 입에 털어 넣었다. 그리고 얼음을 아작아작 씹으며 남자 화장실로 향했다.

세면대 앞에 서서 불쾌하게 번들거리는 땀과 오물 등을 씻으며 소년은 다시 한번 자신의 얼굴을 살폈다. 짙은 그늘과 며칠 굶어 움푹 들어간 두 볼, 누가 열다섯으로 봐 줄까 싶었다. 소년은 제 안쓰러운 얼굴에 낄낄거리며 물기를 닦고 처음 목표했던 3층으로 올라갔다.

카페의 3층은 카페가 아니라 도서관에 온 듯 조용했다. 아무도 서로를 신경 쓰지 않고 그저 이어폰을 꽂은 채 노트북을 하고 있었다. 소년은 사람들을 훑어보며 자연스럽게 한쪽 구석에 자리한 소파에 몸을 파묻었다. 그리고 공허한 눈으로 테이블을 훑었다.

이윽고 소년의 눈에 짐만 올려져 있고 사람은 없는 자리 몇 군데가 들어왔다. 자신의 소지품이 자리를 지켜주기라도 할 듯이 당당히 비워진 자리. 소년은 자리에서 일어나 그중 한 테이블로 걸어갔다.

노트북과 책 한 권이 놓인 1인 테이블, 소년은 자연스럽게 그곳에 앉아 제 것인 양 노트북 충전기를 뽑고, 노트북 위에 돌돌 만 충전기와 책을 챙겨 일어났다.

"저기요!"

그 순간, 소년의 시야에 낯선 신발이 보였다. 당황한 내색을 숨기며 고개를 드니 한 여학생이 팔짱을 낀 채 노려보고 있었다.

"치우고 가셔야죠."

그녀는 불쾌한 얼굴로 방금 일어선 테이블을 가리켰다. 다행히 그 테이블에 앉으려고 기다리던 손님인 모양이었다.

"죄송합니다."

소년은 황급히 커피잔을 집어 들었다. 미지근하게 식은 음료가 컵 속에서 찰랑거렸다. 소년은 재빨리 컨디바에 잔을 올려놓고 곧장 계단을 내려가 때마침 카페의 문을 열고 들어오는 사람들 사이로 빠져나갔다.

'윽, 뜨거워! 지옥이 따로 없네.'

카페를 나오자마자 이마에 맺히는 땀을 닦으며, 소년은 서둘러 지하철로 달려갔다. 온 신경이 뒤를 향했다. 개찰구를 통과하고, 열차를 기다리면서도 긴장을 늦추지 않았다.

잠시 뒤, 그토록 기다리던 안내 방송이 울리고 안전문이 열리자마자 소년은 재빨리 열차에 올라탔다. 다행히 그때까지도 계단을 내려오는 다급한 발소리는 들리지 않았다.

"휴……."

소년은 열차가 역에서 멀어지고 나서야 안도의 한숨을 내쉬며 자리에 앉았다. 평일 한낮의 지하철은 한산했다. 소년은 훔친 노트북을 무릎 위에 잘 올려두고, 시원한 바람에 땀을 식히며 함께 가져온 책을 살폈다. 9급 공무원 기출문제집이었다. 소년은 책을 펼쳐 문제들을 훑었다.

"일, 오, 오, 사, 이, 삼……."

눈이 문제를 훑는 것과 거의 동시에 입술이 달싹였다. 푸는지, 찍는지 모를 정도로 빨랐다.

이번 역은…….

벽돌만큼 두꺼운 책의 페이지가 팔랑거릴 정도로 줄어들 즈음, 내려야 할 곳을 알리는 안내 방송이 들렸다. 소년은 풀던 문제집을 그대로 자리에 두고 노트북만 챙겨 열차에서 내렸다.

소년은 낡은 상가들이 가득한 복잡한 상가 골목을 마치 제집처럼 걸어 다니며 깊은 곳으로 향했다. 그러고는 상가 골목의 가장 깊은 곳, 음습하게 자리한 한 고물상으로 들어갔다. 고물상 앞에는 버려진 밥통이며 냉장고, 상자 더미들이 입구가 보이지 않을 정도로 쌓여 있었다.

"김 사장님."

소년이 개구멍처럼 작은 입구로 들어서며 사장을 부르자, 니퍼를 들고 요란하게 보일러를 손보던 노인이 고개를 들었다.

"김 사장님."

"어, 그래."

부리부리한 눈을 치켜뜬 소년이 들고 온 노트북의 사과 모양 로고를 보고는 흡족한 미소를 지었다.

"오늘은 돈 좀 되는 걸로 가져왔구나."

소년이 내민 노트북을 받아 흠이 난 구석이 없나 꼼꼼히 살핀 그는 곧 컨테이너 사무실에 들어가 이제는 회색 봉투라 불러야 할 것 같은 봉투를 들고나왔다.

"얼마 넣었어요?"

"삼십."

"삼십이요? 노트북 밑바닥 보니까 최신형이던데……."

소년이 입을 삐죽였다.

"장물은 바로 못 판다. 시간이 흐르면 어차피 신형이 구형되고 그러는 거야."

"5만 원만 더 주세요."

"충전기 없어서 3만 원 빼려다가 말았으니 군말하지 말아라."

"아! 챙겼었는데……."

나름의 흥정을 하려던 소년은 아쉬움에 혀를 차며 봉투를 집어넣었다.

"쳇, 그래도 어떻게 노트북이 지난번 가져온 핸드폰보다 쌀 수 있어요?"

"김자영이가 외상 한 돈은 안 갚아?"

"외상이라뇨?"

"그……, 아니다, 됐다. 궁금하면 김자영이한테 물어."

김 사장은 전혀 모르는 듯한 소년의 얼굴에 손을 휘휘 내저었다. 아무리 아는 사이라고 해도 고객의 비밀을 마음대로 발설할 수는 없었다.

"그나저나, 키가 더 큰 거 아니냐? 네가 올해로 몇 살이지?"

"열다섯 살인데요."

"……김자영이가 감당하기에는 물고기가 너무 커졌구나."

"그런데, 마더가 뭘 외상 했는데요?"

"아, 그쪽에 가서 물어보라니까!"

"치……."

김 사장의 고함에 소년은 툴툴거리며 말을 삼켰다.

"근데, 김자영이는 그 뒤로 왜 코빼기도 안 보여? 금방 입금해 줄 것처럼 해서 심부름까지 했는데 말이야. 사람이 그렇게 신용을 어기면 안 돼."

"일이 바쁜가 봐요."

"누구는 안 바쁘냐? 여하튼 만나면 찾아오라고 전해라."

"네."

소년은 김 사장에게 꾸벅 인사를 하고 고물상을 나섰다. 심드 렁하게 소년을 바라보던 김 사장의 눈에 문득 뒤축이 떨어진 신 발이 보였다. 걸을 때마다 볼썽사납게 흔들거리는 뒤축에 김 사 장은 저도 모르게 소년을 불러 세웠다.

"제로야, 그러지 말고 여기서 나랑 일하는 건 어떠냐. 내가 밥 도 주고, 재워도 주고, 월급도 주마. 이런 거 훔치면서 다니지 말 고, 월급 받아 꼬박꼬박 저축이나 하면서 평범하게 살아."

'평범하게……'

소년, 아니 제로의 표정이 눈에 띄게 어두워졌다. 평범. 그건 세상에 자신을 드러낼 수 있는 사람에게만 주어지는 특권이지, 그림자처럼 숨어 사는 자신 같은 사람에게는 해당되지 않는 말 이었다.

"장물아비 되는 게 평범한 거예요??"

"솔직히 좀도둑보다 장물아비가 훨씬 있어 보이지 않냐?"

"싫어요. 5만 원 아까워하는 장물아비가 될 바에 도둑이 낫거 든요?"

"싫으면 가라! 더 줄 돈 없으니까."

괜스레 밝은 척하는 농담에 김 사장이 머쓱한 듯 역정을 냈다.

'마더……'

고물상을 나와 걸어가면서, 제로는 자영을 떠올렸다. 그녀가 오기로 한 날이 벌써 열흘이나 지난 상황이었다. 지금껏 자영은 단 한 번도 오겠다고 한 날을 어긴 적이 없었고, 이만큼이나 긴 시간 오지 않은 적도 없었다. 제로는 여차하면 그녀의 직장에라도 찾아가야겠다는 생각을 했다.

김 사장의 고물상에서 집까지는 대중교통을 이용해도 2시간이 걸리니 부지런히 움직여야 함에도, 제로의 발길은 버스 정류장이 아닌 다른 곳으로 향했다. 산봉시 외곽, 한창 먼지가 피어오르는 신도시의 공사 현장, 아직 공실이 가득한 아파트 단지와 허허벌판인 공터를 지나 제로는 재개발 지역 한가운데 채 철거되지 않은 건물로 향했다.

그 건물에 '소이 떡볶이'가 있었다.

주민 대부분이 빠져나간 주택가에 버티고 선 낡은 분식집. 제로는 소이 떡볶이 건너 벤치에 앉았다. 열린 창 너머로 분주히 움직이는 주인아줌마가 보였다. 집게 핀으로 틀어 올린 엉성한 머리 스타일의 중년 여자. 삐져나온 머리칼이 훑는 길쭉한 목덜미와 세월의 굴곡이 여기저기 그려졌음에도 여전히 젊어 보이는 얼굴은 과거 그녀의 미모를 짐작케 했지만, 지금은 그 얼굴에 고단함만이 가득했다.

제로는 그 얼굴을 훑으며 저도 모르게 코를 만졌다. 손가락

끝에 느껴지는 높은 콧대. 굳이 닮은 구석을 꼽으라면 콧대 정도였다.

"어이, 서방님 오셨다!"

제로는 갑작스러운 고함에 창에서 시선을 떼고 소리가 난 쪽을 쳐다봤다. 저 멀리서 소이 떡볶이를 향해 씩씩거리며 걸어오는 남자가 보였다. 술에 취한 듯 불콰한 얼굴에 기름기가 좔좔 흐르는 남자. 제로는 남자를 발견하고는 벤치에서 일어섰다.

"이놈의 여편네가! 내가 돈 놓고 가라고 했지?"

"없어. 먹고 죽으려고 해도 없어!"

남자가 분식집 안으로 들어가고 얼마 뒤, 식기가 바닥에 부딪히는 소리와 함께 악다구니가 울려 퍼졌다. 제로는 천천히 분식집으로 다가갔다. 온몸의 피가 거꾸로 솟는 듯했다. 창 너머로 하이에나처럼 눈을 번득이는 남자가 보였다. 그는 계산대로 걸어가더니 거칠게 현금인출기를 열었다. 그러나 안에 만족할 만큼의 돈이 없었는지 화를 내며 애꿎은 벽을 내리쳤고, 그러다 또 무언가 떠올랐는지 대뜸 주방으로 뛰어 들어갔다. 남자는 불안한 낯으로 따라 들어간 주인아줌마가 말릴 새도 없이 두툼한 봉투를 들고나왔다.

"여기 있네!"

"안 돼! 그건 절대 안 돼!"

"이거 놔!"

주인아줌마가 절규하며 남자에게 달라붙지만, 그는 옷에 붙은 먼지를 털어내듯 뿌리치며 가게를 나섰다.

"서방이 굶어 죽게 생겼는데 이 정도도 못 줘?"

"우리 소이 학원 보낼 돈이야!"

"걔 똑똑하잖아. 알아서 공부하라고 해."

"네가 인간이야! 어떻게 딸 앞길을 매번 망치니?"

두 사람의 고성이 더욱더 선명해졌다. 걸어가던 행인들이 놀라 하나둘 걸음을 멈췄다.

"내 딸이야? 네 딸이지. 탓을 할 거면 너를 탓해. 나는 네가 좋다고 매달려서 같이 살아 준 죄밖에는 없으니까."

그 말에 주인아줌마 얼굴에 절망이 내려앉았다. 하지만 그것도 잠시, 그녀는 곧 악에 받친 듯 남자의 손등을 덥석 물었다.

"악! 이 여편네가!"

남자는 비명을 지르며 주인아줌마의 뺨을 후려갈겼다. 구경하던 사람들은 상황이 심상치 않다 느꼈는지 휴대전화를 꺼내 들었다.

"그럴 필요 없어요. 상관하지 말고 그냥 가세요."

바로 그때 제로가 사람들을 밀치며 다가갔다. 그러고는 자신을 보며 고함을 지르려던 남자의 멱살을 단숨에 움켜쥐었다.

"컥……!"

안 그래도 붉은 남자의 얼굴이 더 시뻘게졌다. 차가운 눈으로 남자를 노려보던 제로는 그의 손에서 봉투를 뺏은 다음 그대로 남자를 패대기쳤다.

"아저씨."

제로가 천천히 다가가 눈을 마주치자, 남자는 목청 좋던 그 기세는 어디 가고 가쁜 숨만 내쉬었다. 언제나 이랬다. 약자에게 강한 척하는 사람은 자신보다 더 강한 자에게는 아무런 말도 하지 못했다.

"또 이 근처에 얼씬거리면 다음번엔 두 다리를 부러뜨려 줄게요."

"누, 누군데……."

"저 아줌마한테 받을 게 있는 건 나예요, 그쪽이 아니라. 알아들었어요?"

앳된 얼굴에 어울리지 않는 서늘한 표정에 남자는 마지못해 고개를 끄덕였다. 제로가 가라는 듯 한발 물러서자 그는 그대로 뒤도 돌아보지 않고 도망쳤다.

"저, 저기……. 끅!"

제로는 고개를 돌려 쓰러진 주인아줌마를 쳐다봤다. 제로를 올려다보는 얼굴에는 당혹스러움과 의아함이 뒤섞여 있었다. 주인아줌마는 많이 놀랐는지 딸꾹질까지 하기 시작했다. 제로는 입을 열려다가 이내 말없이 봉투를 쥐여줬다.

"너, 저기 있던 애 맞지? 끅! 가끔 벤치에 앉아서, 쳐다봤잖아."

"……."

제로는 그 말에 뜨끔했다. 꽤 멀리 떨어져 있다고 생각했는데, 인적이 많지 않은 길인 만큼 그녀도 제로를 본 모양이었다.

"전에 왔던 빚쟁이들 쫓아 준 것도 너니?"

제로는 대답 대신 자신을 붙잡은 손을 부드럽게 떼어냈다. 그리고 빠른 걸음으로 자리를 벗어나 집으로 달려갔다.

집으로 돌아가는 동안, 제로는 한 번도 뒤를 돌아보지 않았다.

2

'인악마을'은 경기도 산봉시 인악산 아래 자리한 판자촌이다.

도심의 개발로 부쳐 먹을 논밭을 잃은 소작농들이 산 아래에 터전을 잡으며 생겨난 그곳은 지금으로서는 상상할 수도 없지만, 한때 수많은 사람들로 북적였다. 볕이 좋은 날엔 의자를 가지고 나와 잡담을 나누며 노닥거리는 노인들이 있었고, 하루의 시작과 끝을 바삐 보내는 젊은이들이 있었으며, 자신들이 겪을 미래를 모른 채 걱정 없이 뛰어노는 아이들이 있었다. 그러나 지금은 아무도 살지 않았다. 오래전 발표된 도시 정책 때문이었다.

도시 정책이 발표된 초기에는 모두가 희망에 부풀었다. 주민들은 동네가 더 살기 좋아진다며 기뻐했고, 투기꾼들과 개발업자들은 곧 이곳이 노다지가 될 거라며 엄청나게 돈을 쏟아부었다. 그 얼마 뒤 인악마을이 개발제한구역으로 묶일 것도 모른 채 말이다.

빠르게 부풀어 올랐던 열기는 거품처럼 가라앉았다. 투기꾼들과 개발업자는 빠르게 손을 뗐고, 기대에 차 있던 젊은 사람들은 실망을 금치 못하고 떠나갔다. 노인들은 그나마 애정을 가지고 예전과 같은 동네로 돌아올 거라 꿈꾸며 버텼지만, 지금은 모두 꿈을 간직한 채로 하늘로 떠나 버렸다. 사람들이 떠나가자 동네는 점점 죽어 갔다. 금이 간 시멘트벽에 곰팡이가 슬었고, 슬레이트로 만든 지붕에 빗방울이 샜다. 그 모습에 사람들은 떠나가고, 동네는 또 죽어가고…….

이제 그 동네에 사는 사람은 세 아이뿐이었다.

아이들은 흉물스럽게 버려진 집들 사이를 한참 거슬러 올라가야 하는, 동네의 가장 높은 곳에 살았다. 밤이 되면 달과 가장 가까워지는 집, 봉투를 쥔 제로는 그곳에 가려 가파른 계단을 올랐다. 남들이 보기에는 흉물스러운 집이더라도 자신과 두 친구에게는 떠날 수 없는 보금자리였다.

"에휴, 또 이러네……."

날쌘 걸음으로 꼭대기에 오른 제로는 익숙한 풍경에 투덜거렸다. 햇볕과 빗물을 막고자 지붕 위에 씌어놓은 비닐이 바람결에 처마 아래로 축 늘어져 있었다. 제로는 몇 번이나 제자리 뛰기를 하며 늘어진 비닐을 다시 지붕 위로 쳐낸 뒤에야 만족스러운 얼굴로 한쪽이 검게 썩어 들어간 현관문을 열었다.

"야! 낮에는 문 좀 열어 놓으라니까."

문을 열자마자 퀴퀴한 냄새와 함께 후끈한 열기가 쏟아져 나왔다. 7평 남짓한 좁은 골방. 지저분하고 좁은 싱크대, 벽 한편에 쌓여 있는 옷 무덤과 이불, 그 옆에 쌓아 올린 책더미와 책더미 위에 난 손바닥만 한 창문까지, 방 안에 자리한 모든 게 일부러 방을 답답하게 만들려 그 자리에 있는 것처럼 보였다.

"왔어?"

바스락거리는 봉투 소리에 속옷만 입고 누워 있던 원이 몸을 일으켰다. 그 옆에 나란히 누운 투는 자는 듯 보였다. 원은 제로가 쥔 봉투에 달려들어 안에 든 탄산음료와 얼음 컵 그리고 레토르트 죽과 과자 등을 꺼냈다.

"더워서 죽는 줄 알았네."

원은 얇은 비닐을 벗겨내 곧장 입안에 얼음을 털어 넣었다. 제로는 원의 투덜거림을 한 귀로 흘리며 투의 곁에 가 앉았다. 이마를 짚어보니 몸이 뜨거웠다. 나가기 전보다 상태가 더 안 좋아 보였다. 아파서 뜨거운 건지, 더운 날씨 때문에 뜨거운 건지 알기가 어려웠다.

"투, 일어나 봐. 이거 좀 마셔."

"……귀찮아."

제로의 재촉에 투가 슬며시 눈을 떴다.

"귀찮아도 마셔. 더위 먹으면 큰일 나."

그는 퉁퉁 부어오른 손가락으로 바닥을 짚으며 힘겹게 몸을 일으켰다. 콜라를 마시던 원이 제 얼음 컵을 건넸다. 제로는 투가 앉기 편하도록 몸을 받친 다음, 조금이나마 열이 식기를 바라며 컵에 물을 담아 건넸다.

"약 좀 더 넣어 줘."

힘없이 물을 마시는 투의 눈길을 따라 제로는 어깨 너머에 자리한 싱크대 서랍을 열었다.

"이거 또 들어왔네."

문을 열자 언제 숨어들었는지 모를 쥐 한 마리가 모서리에 난 구멍으로 후다닥 달아났다. 제로는 한숨을 내쉬며 곰팡이 핀 바닥에 자리한 보라색 주사기 케이스를 집어 들었다. 케이스에는 주사가 딱 하나 남아 있었다.

그건 곧 투가 버틸 수 있는 시간이 얼마 남지 않았다는 뜻이기도 했다.

제로는 걱정스러운 얼굴로 벽에 걸린 달력을 응시했다. 근처 가게에서 사은품으로 나눠주고 남아 받아 온 달력에는 자영이 오기로 한 날에 표시한 동그라미가 자신들처럼 덩그러니 뒤에 놓여 있었다. 제로는 말없이 주사기에 바늘을 연결했다.

"주사 대신 알약 먹으면 안 돼?"

약물이 맺혀 흐르는 바늘이 멍 자국이 가득한 뱃가죽을 뚫자 원이 자기가 다 아프다는 듯 인상을 찌푸렸다.

"말했잖아. 투는 주사가 아니면 안 돼."

"마더라면 만들 수 있지 않을까."

"더워. 저리 좀 가."

제로는 자꾸만 귀찮게 구는 원을 밀어냈다. 원은 그런 제로가 밉다는 듯 노려보다가 콧방귀를 뀌며 사탕 봉지를 뜯었다.

"여름인데 좀 상큼한 맛으로 사지 그랬어. 센스가 없어."

"닥쳐."

원이 포장지를 깐 사탕을 하나는 자기 입에, 또 하나는 투의 입에 넣었다. 제로는 이런 말싸움이 자연스러운 듯 대수롭지 않게 주사기를 정리했다.

세 아이는 잠깐의 공백을 제외하고 15년째 이 골방에서 지내고 있었다. 어떤 이유로 이렇게 됐는지, 언제까지 이렇게 살아야 하는지는 알지 못했다. 그저 자연스럽게 제로, 원, 투가 됐듯 기억이 있던 순간부터 함께 이곳에 있었고, 벗어나면 안 된다고 배웠다. 그래서 이곳에 있었다. 지루하면 쥐를 잡았고, 배가 고프면 나란히 누워서 음식을 먹는 상상을 했다. 언제나 셋이서 함께.

제로는 고개를 돌려 아이들을 바라봤다. 친구이자 형제인 아이들. 투는 약을 맞았음에도 여전히 불편한지 몸을 뒤척였다. 병으로 오래 고생하고 있는 투는 항상 붓기로 몸이 퉁퉁했다. 이따금 다리를 움직이지 못할 정도로 고통스러워했고, 제로와 원이 돌아가며 밤새 몸을 주물러도 가시지 않는 통증에 눈물을 흘리기도 했다.

그럴 때마다 투의 기분을 풀어주고 다시 웃게 하는 건 언제나 원이었다. 감정에 솔직하고 쾌활한 원은 이따금 지나친 행동으로 짜증을 유발하기도 했지만, 특유의 밝은 성격으로 항상 골방의 분위기를 책임졌다. 다른 누구에게서도 본 적 없는 하얀 피부와 머리카락, 빨간 눈동자를 지녔고, 그 때문인지 손바닥만 햇살도 견디지 못하고 괴로워하면서도 쾌활함을 잃지 않는 원이 제로는 때때로 존경스럽기까지 했다.

제로는 꽤 예전부터, 자신이 둘을 책임져야 한다고 생각했다. 자신만 아이들과 달리 건강하다는 '혜택'을 누리고 있었으니까. 제로는 그 혜택이 아이들을 위해 제게 주어진 유일한 행운이라고 생각했고, 이 생활을 유지하기 위한 일이라면 뭐든지 했다.

아이들과 함께 골방 속 세계에서 살아남기 위해서.

"마더는 왜 이렇게 안 와?"

"나도 몰라."

"도대체 아는 게 뭐야?"

원이 입을 삐죽이며 투의 다리를 주물렀다. 하얀 콧잔등에 땀이 송골송골 맺혔다. 아이들은 자영을 '마더'라고 불렀다. 엄마라고 부르면 자영이 싫어했기 때문이었다. 자영은 골방이 세상의 대부분인 아이들의 보호자이자, 아이들이 세상과 소통할 수 있는 유일한 창구였다. 자영이 없었더라면 아무리 제로가 애를 썼던들 아이들은 진작 이 골방에서 죽었을 게 분명했다. 그러나 자영은 언제나 머무르는 날보다 떠나 있는 날이 더 많았다.

"휴, 너무 덥다. 우리 은행에라도 가면 안 돼?"

"안 돼."

"왜? 해도 이미 졌고, 투는 내가 업으면 되잖아."

"마더가 사람이 많은 곳으로는 나가지 말라고 했잖아. 그리고 은행은 진작 닫았거든?"

"더워 죽겠어."

"가만히 있으면 안 더워."

"더워."

계속된 칭얼거림에 제로는 결국 몸을 일으켜 원을 노려봤다.

"너는 그 일을 겪고도 은행에 가고 싶냐?"

"그게 언제 적 일인데. 너야말로 좀 잊어라!"

원의 말대로 오래전 일이긴 했다. 벌써 5년도 더 지난 일이었으니까. 5년 전, 그러니까 지금보다 훨씬 더 무더웠던 그날, 제로는 더워서 숨조차 쉬지 못하는 아이들을 데리고 은행을 간 적이 있었다. 은행에는 얼마든지 차가운 물을 마실 수 있는 정수기와 시원한 바람이 나오는 에어컨이 있었으니까.

아이들은 제로가 시키는 대로 서로를 모른 척하며 은행에 들어가 호기심 어린 눈으로 은행 여기저기를 기웃거렸다. 서로 눈빛을 주고받으며 보이는 대로 건드리며 키득거리다가 청원 경찰이 다가오면 정색하고 입을 다물었다. 얼마 안 가 내쫓기기는 했지만, 아이들은 처음으로 나선 나들이가 즐거워 견딜 수가 없었다. 그때까지는.

"우리 내기할래?"

누군가 이런 말을 했다. 길 한쪽에 쪼그려 앉아 낄낄거리던 아이들에게 누군가 딱하다는 표정으로 오천 원짜리 지폐 한 장을 쥐여 준 다음이었다. 아이들은 꾀죄죄한 자신들이 모습이 동정심을 불러일으킨다는 걸 깨달았다. 아이들은 재미 삼아 지나가는 어른들에게 배가 고프다며, 조금이라도 좋으니 돈을 나눠달라고 구걸했다.

"우와, 이거 봐!"

그리고 30분 뒤, 생전 처음 보는 금액을 손에 쥔 아이들은 함박웃음을 지으며 이렇게 돈을 모으면 금방 부자가 되겠다며 신나게 떠들어댔다.

"이 새끼들 봐라? 처음 보는 놈들인데."

그러나 세상은 그리 호락호락하지 않았다. 언제 나타났는지 모를 우락부락한 어른 둘이 다짜고짜 돈을 뺏더니, 뭐라 말할 새도 없이 뺨을 올려붙였다. 그러고는 놀란 아이들에게 감히 우리 구역에서 뭘 하고 있는 거냐며 윽박질렀다. 구걸에도 구역이 있는 줄 몰랐다. 제로가 소심하게 반항해 봤지만, 고작 열 살인 제로가 감당하기에 어른들은 너무나도 크고 무서웠다.

"제로……, 나 무서워."

"흑흑, 마더……."

어른들에게 끌려가면서, 아이들은 서로를 부둥켜안고 떨었다. 지금껏 살면서 그토록 폭력적인 경험은 처음이었다. 자영이 아이들을 무뚝뚝하게 대하긴 했어도 그 속에는 숨길 수 없는 애정이 있었다. 그렇게 무자비하고, 강렬한 폭력에 아이들은 떠는 것 말고 할 수 있는 게 없었다. 지금이었다면 달랐겠지만, 그 당시 아이들은 세상을 모르는 연약한 새끼 새와 마찬가지였다.

어른들은 아이들을 한 낡은 폐공장에 몰아넣었다. 그곳에는 셋과 비슷한 또래의 아이들이 가득했다. 부모에게 버려졌거나 학대를 참지 못해 집을 뛰쳐나와 거리를 떠돌던 아이들. 그곳에 모인 아이들은 하나같이 불행한 기억을 떠안고 있었다.

어른들은 그 불행한 기억을 이용해 아이들의 선한 마음을 갉아먹었다. 폐공장의 아이들은 남들보다 하나라도 더 먹으려고 악착같이 음식을 쑤셔 넣었고, 조금이라도 더 가지려 약한 아이를 배척했고, 약간이라도 더 사랑받으려 거짓말을 일삼았다. 그리고 끝내 그런 서로를 미워하기까지 했다.

하지만 제로와 원, 투는 그런 아이들을 미워하지 않았다. 세 아이가 미웠던 건 그걸 알면서도 모른 척하는, 아니, 오히려 더 부추기는 어른들이었다. 제로는 그곳에서 지냈던 하루하루가 골방에서 보낸 10년보다 더욱 괴로웠다. 제로는 결심했다. 이런 곳에서 원과 투를 둘 수 없다. 달아나야 한다고 말이다.

제로는 얼마 지나지 않아 금요일 밤이면 어른들의 감시가 소홀해진다는 걸 알았다. 금요일 밤마다 외부에서 꼭 누군가가 찾아왔고, 그런 날이면 아이들을 지키는 어른은 딱 한 명만 남았다.

제로는 어른들이 사라지는 이유가 잔뜩 주눅 든 아이들이 별다른 반항을 하지 않기 때문이기도 하지만, 무엇보다 이 패거리 자체가 그리 크지 않기 때문이라고 짐작했다. 따라서 외부인 쪽에 인원이 몰리고, 그 덕분에 경계는 물론 탈출한 뒤의 추격과 감시도 소홀할 거라 예상되는 금요일 밤이 달아나기에 제격이라고 생각했다.

다행히 결행의 시간은 금방 찾아왔다. 바로 그다음 주, 예상대로 감시가 소홀해지자 제로는 원과 투를 데리고 탈출을 감행했다. 모든 게 예상대로였다. 단 한 가지만을 제외하고 말이다.

제로가 간과한 건 원과 투의 상태였다. 둘은 지금처럼 증상이 심각하진 않았지만, 그때도 몸이 안 좋은 편이었고, 어른들에게 잡혀 온 뒤 한동안 자영의 보살핌과 처방을 제대로 받지 못했다 보니 상태가 많이 나빠져 있었다. 아이들은 달리기는커녕 걷기도 힘겨워했고, 얼마 지나지 않아 어른들의 추격에 금세 따라잡히고 말았다.

"쉿, 조용히 해라."

한 노인의 도움이 아니었다면 셋은 그대로 어른들에게 끌려

갔을 게 분명했다. 이젠 정말 끝이구나 생각이 들었을 때, 커다란 손이 아이들을 휘감아 어둠 속으로 끌어당겼다. 제로는 처음에는 잡혔나 싶어 몸부림쳤지만, 어둠 속에서 반짝이는 노인의 눈을 보고서는 원과 투를 진정시키며 시키는 대로 가만히 있었다. 노인의 눈이 자영과 닮았기 때문이었다. 어딘가 따뜻하고 어딘가 슬픈, 그리고 필사적인 눈.

노인은 어른들이 저 멀리 사라진 뒤, 곧바로 경찰에 신고했다. 그리고 경찰들이 찾아오기 전 셋을 데리고 자리를 벗어났다. 제로는 나중에 그 폐공장의 어른들이 갈 곳 없는 아이들을 데려와 나쁜 일에 써먹거나, 마찬가지로 아이들을 필요로 하는 나쁜 사람들에게 아이들을 파는 무리인 걸 알았다. 제로가 달아났던 금요일 밤과 사라지던 아이들, 제로는 그 아이들이 자신들이 될 수도 있었다는 사실에 소름이 돋았다.

노인은 그 뒤 제로가 알려준 몇 가지 정보만으로 어렵지 않게 자영에게 연락을 하고, 그녀가 올 동안 아이들에게 밥을 사 줬다. 오랜만에 먹는 따뜻한 음식을 게걸스럽게 먹으며, 제로는 모락모락 피어오르는 김 너머로 노인을 봤다. 아무 말 없이 묵묵히 아이들을 내려다보는 노인. 그 행동은 폐공장의 어른들과 똑같았지만, 자신들을 바라보는 눈이 달랐다. 그 하나의 차이만으로도 제로는 노인에게 믿음이 갔다. 제로는 그때 알았다. 눈을 보면 그 상대가 내게 적대적인지, 호의적인지, 어떤 생각을 하고 있는지 조금이나마 알 수 있다는 사실을 말이다.

그 노인이 김 사장이었다. 김 사장은 얼마 지나지 않아 산발이 된 머리로 식당에 뛰어 들어와 귀신처럼 화내는 자영을 진정시키며 아이들이 더 혼나지 않도록 막아주기까지 했다. 아마 그일이 계기였을 거다. 자영이 생계를 위해 집을 나설 수밖에 없는 제로를 빼고 원과 투를 집 밖으로 나가지 못하도록 엄격히 금지한 이유가.

원은 그 사건을 무슨 무용담이라도 되는 것처럼 떠들어대곤했다. 제로는 그 생각을 하는 지금도 이렇게 기분이 가라앉는데, 그는 잡생각을 지우고자 골방 한편에 자리한 책더미에서 색 바랜 책을 뒤적거렸다. 원은 흥이 식었는지 투의 곁에 몸을 누였다. 시원하라고 열어 놓은 문틈 사이로 뜨거운 바람이 훅 끼쳐 들었다. 뜨거운 바람을 한껏 들이마신 투의 가슴께가 크게 부풀어 올랐다.

"나는 여기서 죽을 거야."

뜬금없는 말에 원이 고개를 돌렸다. 투는 여전히 잠든 사람처럼 눈을 감고 있었다.

"왜 죽어?"

"너희들은 몰라도 나는 곧 죽어."

"우리는 백 살까지 산다던데?"

투의 담담한 말에 원이 반문했다.

"그건 건강한 사람들이나 그렇고. 나는 아프잖아."

"아니야. 사람은 그렇게 쉽게 안 죽어."

"죽어."

"내기할래?"

"뭐로? 내가 죽나 안 죽나?"

원의 내기 타령에 투가 헛웃음을 터뜨렸다.

"그건 네가 죽으면 끝이잖아."

"그럼 네가 이기는 거지."

"그럼 난 누구한테 보상받아?"

"너도 죽든지."

"아하."

냉소적인 말에 원이 그럴싸하다는 듯 고개를 끄덕였다.

"유치하기는. 마더가 있으면 우린 죽지 않아."

둘의 말을 흘려듣던 제로가 읽던 책을 덮었다. 『선악의 저편』은 생각을 지우기에도, 허튼 문답 속에 읽기에도 좋은 책은 아니었다.

"그건 제로의 말이 맞아."

원이 거들며 뒷말을 이었다.

"나는 언젠가 꼭 스웨덴에 가서 오래오래 살 거야. 마더가 말해줬어. 여기보다 훨씬 춥고 어둡지만, 자유롭고 아름답게 살 수 있다고."

"웃기지 마. 우리는 평생 이 골방에서 벗어나지 못해."

투가 더는 듣기 싫다는 듯 몸을 돌려 누웠다. 제로는 그의 굽은 등을 보며 생각에 잠겼다. 자영은 종종 처리해야 할 일감이라며 서류 더미를 한가득 안고 왔는데, 제로는 그럴 때마다 그녀의 곁에 앉아 함께 서류를 읽었다. 자영은 제로가 내용을 이해하지 못하리라 생각해선지 그냥 뒀지만, 제로는 언젠가부터 그 자료들이 이해가 가기 시작했고, 그중에 자신들에 관한 내용이 있다는 것도 알았다.

자료에 의하면 투는 당뇨병 환자였고, 마더가 가져오는 주사는 '인슐린'이었다. 주사만 꾸준히 맞는다면 딱히 죽을병은 아니었다. 그러니 자영이 투에게 한 말은 거짓이 아니었다.

하지만 자영이 원에게 했던 말은 거짓이었다.

5년 전, 김 사장 덕분에 간신히 자영의 품으로 돌아온 날, 그녀는 제로에게만 은밀히 알려줬다. 너희들은 세상에 환영받지 못할 돌연변이라고, 자세한 건 알려줄 수 없지만, 그 사실이 세상에 드러나면 죽을 게 분명하기에 너희들은 계속 지금처럼 숨어 지내야만 한다고 말했다.

살기 위해 골방에만 있어야 한다고 했던 건 다름 아닌 자영이었다. 그런데 왜 원에게 스웨덴 이야기를 꺼냈을까. 제로는 이해가 가지 않았다. 그런 거짓된 희망은 없느니만 못했다. 출생신고를 하지 않아 병원에도 가지 못하는 자신들이 스웨덴에 간다니,

꿈에서나 가능한 일이었다.

제로는 쓰러지듯 바닥에 누웠다. 아침부터 분주히 움직이느라 쌓인 피곤이 이제야 몰려왔다. 물건을 훔치는 일은 익숙했지만, 그때마다 느껴지는 죄책감과 긴장감은 도무지 익숙해지지 않았다. 감정이 이완되자 눈에 졸음이 쏟아졌다. 뜨뜻미지근한 바람이 이불처럼 느껴졌다. 눈이 감겼다. 잠깐만이라도 모든 짐과 고민을 벗어던지고 싶었다. 그저 이대로…….

"……제로!"

그러나 자신을 부르는 소리에 제로는 다시 암갈색 곰팡이가 핀 천장 밑으로 돌아왔다.

"무슨 일이야?"

"투, 투가 이상해."

까무룩 잠이 들었던 제로가 다급히 몸을 일으켰다. 원이 울먹이며 투를 살피고 있었다.

"언제부터 이랬어?"

"졸다가 끙끙거리는 소리에 깼는데 이 상태야."

하얗게 질린 투의 얼굴 위로 식은땀이 비처럼 흘렀다. 투의 목은 눈으로도 알아볼 수 있을 만큼 심하게 부풀어 있었다. 초점 없는 눈동자가 당장이라도 꺼질 듯 흔들렸다.

"투, 정신 차려봐. 투!"

제로는 연신 뺨을 두드렸다. 아무리 아는 게 많아도 이런 상황에서는 그저 당황하는 거 말고는 할 수 있는 게 없었다. 투는 제로의 외침에 조금 정신이 들었는지, 희멀건 눈동자를 옮겼다.

"제로……."

"그래. 나 여기 있어!"

"나 죽으면, 묻지 말고 꼭 바람에 뿌려 줘. 죽어서도 한 곳에 있긴 싫어."

"너 안 죽어! 헛소리 그만하고 기다리고 있어."

시야가 뿌옇게 변하며 투의 얼굴이 희미해졌다. 제로는 눈물을 훔치며 일어나 옷을 챙겼다. 다급한 발길이 문턱을 넘어 낡은 집 앞마당을 지나 가파른 계단을 내려갔다. 근처에 도움을 청할 곳이라도 있으면 좋으련만, 다닥다닥 붙은 동네에는 도움을 청할 사람 한 명 없었다. 제로는 빠르게 동네를 벗어나 큰 길가로 뛰쳐나갔다.

"택시, 여기요!"

때마침 저 멀리 언덕을 내려오는 빈 택시가 보였다. 제로는 다급히 택시로 뛰어가 문을 열어젖혔다.

"아저씨. 강원도로 가주세요!"

"강원도? 어디?"

"문막에 있는 세온 의료단지요, 빨리요!"

"학생……, 돈은 있어? 거기라면 15만 원은 족히 나올 텐데……."

택시 기사가 의심쩍은 눈으로 위아래를 훑었다. 제로는 말할 시간도 아까워 품속에서 봉투를 꺼냈다.

"가 주세요. 최대한 빨리요."

3

세온 의료단지에서 멀지 않은 숲속에 버려진 한 야영장, 그곳
은 공기도 좋고 주변 풍광도 좋아 한때는 수많은 이가 찾던 곳이
었지만, 몇 년 전 갑작스레 퍼진 호흡기 바이러스로 재정 문제가
생기면서 지금은 아무도 드나들지 않은 폐허가 됐다.

자영은 그곳의 가장 구석진 오두막에 갇혀 있었다.

"으음⋯⋯."

잠깐 기절했다가 정신을 차린 자영은 고함을 지르느라 쉰 목
을 가누며 바닥 위로 솟은 못에 케이블 타이를 비볐다. 못이 닳
아 뭉뚝해선지, 며칠간 물도 제대로 마시지 못한 탓인지 케이블
타이는 아무리 비벼도 끊어지지 않았다. 팔을 들어 올릴 때마다
근육이 내지르는 비명에 모든 걸 포기하고 싶었지만, 자영은 그
럴 때마다 한구석에 덩그러니 놓인 가방을 보며 마음을 다잡았

다. 한시라도 빨리 아이들에게 가방에 든 물건을 가져다줘야 했다. 투가 인슐린 없이 얼마나 버틸지 장담할 수 없었다. 자영은 이를 악물고 필사적으로 팔을 움직였다.

저벅, 저벅.

낡은 오두막에 어울리지 않는 구두 소리에 자영은 케이블 타이를 끊던 걸 멈췄다.

"여, 잘 잤어?"

이윽고 문이 열리며 한 남자가 들어왔다. 값비싼 양복을 입은, 길에서 봤다면 대기업에 다니는 회사원이라 생각할 만큼 멀끔한 남자는 손에 든 물컵을 찰랑이며 자영에게 다가왔다.

"이……윤철."

자영이 메마른 침을 삼키며 남자의 이름을 불렀다. 그러고 싶지 않았지만, 저도 모르게 물컵으로 시선이 향했다. 윤철이라 불린 남자는 어떻게 해도 닿지 않을 아슬한 거리에 물컵을 내려놓으며 그녀와 시선을 맞췄다.

"이제 애들이 어디에 있는지 말할 마음이 들어?"

"말……했잖아. 그 애들은 새 부모 곁에서 아주 잘 크고 있다고."

"그래?"

윤철이 재미있다는 듯 웃음을 터뜨렸다. 아이처럼 천진난만한 웃음이었다. 그는 자리에서 일어서더니 구둣발로 자영의 이마를 지긋이 밀었다. 몸이 뒤로 넘어가며 바닥의 못이 살갗에 파고들었다. 자영은 이를 악물었고, 윤철은 모든 걸 다 알고 있었다는 듯 정확히 못이 파고드는 자리를 구둣발로 눌렀다.

"자영아. 우리 쓸데없는 힘은 그만 빼자. 어차피 결과는 뻔하잖아."

"……언제까지 사람들이 속을 거 같아?"

"지금도 그런데 앞으로도 뻔한 거 아니겠니."

"뻔뻔한 새끼!"

"실험의 일등 공신인 김자영 수석 연구원님께서 그렇게 말하니까 섭섭하네."

자영은 이를 악물었다. 등을 파고드는 못보다 윤철이 던진 말한마디가 더 깊이 파고들었다. 그 말이 맞았다. 그녀는 윤철과 마찬가지로 박성호 박사 연구팀 소속 연구원으로서 한때는 자신의 연구가 세상을 구할 거라 믿으며 누구보다 연구에 열과 성을 다했다. 15년 전 그 일이 있기 전까지.

15년 전, 박성호 박사는 마침내 유전자 조작으로 유전질환이나 장애 가능성이 있는 태아의 발현 요소를 제거하는 시험관 시술법을 발견했다. 전 세계가 그의 연구에 주목했다. 내로라하는 유명 연구실에서 협업 제안이 왔고, 매스컴에서는 연일 칭송하며 떠받들기 바빴다. 물론 모든 연구가 그러하듯 반대하는 이들도 있었지만, 긍정적인 반응에 비하면 새 발의 피나 다름없었다.

그때 자영은 그저 행복했다. 처음으로 연구비에 허덕이지 않고 실험에 몰입할 수 있었고, 자신의 실험이 세상에 큰 도움이 될 거란 확신이 있었으니까.

그러나 행복 뒤에는 언제나 문제가 숨어 있었다. 동물들을 대상으로 했을 땐 아무 이상이 없던 시술이 인간을 대상으로 한 임상 실험에 도달하자 예상치 못한 문제들이 생겨났다. 동물에게는 순조롭게 나타나던 변형이 인간에게는 제대로 발현되지 않았다. 연구의 진척이 더뎌지고, 눈에 보이는 성과가 없어지자 세상의 관심은 빠르게 식어갔다.

덩달아 연구팀의 분위기도 날카로워졌지만, 박성호 박사는 결코 포기하지 않았다. 그는 밤낮없이 연구에 매달리며 연구의 하나부터 열까지 꼼꼼하게 관여했으며 기존에 유효하던 결과를 완전히 갈아엎고 다시 처음부터 되짚어 나가기도 하는 등 필사적으로 연구에 임했다. 그리고 결국에는 실험에 참여했던 열 쌍의 부부 중 다섯 쌍의 품에 건강한 아이를 안겼다.

온 세상이 박성호 박사가 생명공학에 위대한 업적을 남겼다며 놀라워하고 있을 때, 자영은 홀로 두려웠다. 그가 모두를 속이고 있다는 걸 알고 있었기 때문이다.

박성호 박사의 프로젝트는 반은 실패한 실험이었다. 아이들은 유전적으로 완전하게 태어나지 못했다. 부부가 낳은 아이들은 유전자 조작의 문제인지 꼭 빛과 그림자처럼 쌍둥이로 태어났고, 아이 중 한 명은 한쪽의 부작용까지 모조리 가져간 듯 심각한 유전질환을 보였다. 박성호 박사는 그 아이들을 은닉하고, 성공한 아이들만 세상에 자랑스레 내보인 거였다.

처음에는 자영뿐만 아니라 다른 몇몇 연구원들도 그 사실을 알았지만, 다른 이들은 모두 어느 순간, 갑작스럽게 사라졌다. 자영은 그 원인이 박성호 박사라는 걸 알았다. 그리고 그가 자신만 살려두는 이유가 자신을 아껴서가 아니라 아직 쓸모 있기 때문에 살려두고 있음도 알았다.

그래서 입을 닫았다. 살고 싶었으니까. 어차피 연구로 말미암아 일어난 각종 문제는 박성호 박사가 알아서 처리했고, 연구에서 다소간의 실패가 나타나는 건 당연한 일이었다. 자신만 입을 닫고 있으면 모든 게 문제없었다.

아이들을 만난 건 그런 생각을 하던 즈음이었다. 자신이 숨긴 아이들을 실험용으로 쓰고, 그럼에도 실패의 원인을 찾지 못했던 박성호 박사는 결국 포기했는지 어느 날, 자영에게 실험에 쓴 아이들을 폐기물 처리장에 버리고 오라 지시했다. 태어나자마자 죽은 아이들을 제외하고 그때까지 숨이 붙어 있던 아이들. MUB-0, MUB-1, MUB-2. 줄여서 제로, 원, 투라고 부르던 아이들은 마음의 문을 닫은 자영에겐 실험용 샘플이나 다름없었다. 그녀는 아이들을 잘 덮어 실험 과정에서 나온 쓰레기로 위장하고 폐기물 처리장으로 향했다. 그리고 그대로 아이들을 집어 던지려 했는데…….

제로가 울음을 터뜨렸다.

분명 약으로 재워뒀는데, 아이는 죽음이 닥쳤단 걸 알기라도 한 듯 자지러지게 울어 재꼈다. 밀봉해 놓은 상자를 벗어나 자영의 귀에 들릴 정도로.

맞다. 생명이었다. 아이들이었다. 실험실에서 나온 의료폐기물 따위가 아닌 살아 있는 존재였다. 자영은 상자를 품에 안고 한참을 떨었다. 그녀는 그제야 자신이 무슨 짓을 하려 했는지 깨달았다. 자신도 모르는 새 박성호 박사에게 세뇌당한 거였다. 그녀는 그 즉시 아이들을 데리고 산봉시로 향했다. 그리고 산봉시에 사는 친엄마에게 아이들을 맡겼다.

자영의 친엄마는 어릴 적 집을 나간 뒤, 자영이 성인이 돼 다시 찾기 전까지 한 번도 그녀와 만난 적 없었던, 겉으로 보기엔 남이나 다름없는 사람이었다. 결혼도 안 한 딸이 갑작스럽게 애를 셋이나 데려와 깜짝 놀란 노모에게 자영은 아무것도 묻지 말고 아이들을 맡아달라고 말했다. 딸년을 버린 것에 조금이라도 죄책감이 있다면 누구에게도 자신에 대해 꺼내지 말란 말을 덧붙이면서.

딸에게 해준 게 없어 평생을 죄인처럼 산 노모는 그 부탁을 받아들일 수밖에 없었고, 자영은 안 그래도 뜸했던 친엄마에게로의 발길을 더더욱 줄이면서 멀리서나마 아이들을 돌봤다. 인적이 드문 인악마을로 노모와 아이들을 이사시켰고, 필사적으로 아이들을 숨겨왔다. 그렇게 살려낸 생명이었다. 그렇게 지켜 낸 아이들이었다.

"······나는 죽도록 후회해. 그때의 결과에, 악행에 침묵한걸."

머릿속에 넘쳐흐르는 상념을 지우며 자영이 이를 악물었다.

"악행이라니. 어차피 죽을 애들이었어. 실험이 없었으면 혈관질환이나 무뇌증에 시달리면서 서서히 죽어갔겠지. 실험으로 세상에 도움도 됐고, 폐기 처분으로 고통받을 시간도 없었을 텐데 뭐가 문제야?"

"폐기 처분이라고 말하지 마!"

찢어지는 고함을 내지르는 눈동자에 경멸이 가득했다.

"누구도 타인의 생명을 선택할 권리는 없어. 심지어 부모들까지 속여가며 무수히 많은 태아를 죽였잖아. 그건 살인이야, 살인이라고!"

미친 사람처럼 악을 쓰는 자영에 일순 당황한 표정을 짓던 윤철은 곧 뭐가 그리도 재밌는지 자지러지는 웃음을 터뜨렸다. 자영은 그 웃음이 역겨워 참을 수 없었다. 반듯해 보이는 얼굴 이면에 숨은 악마가 끔찍할 정도로 빤히 보였다.

"살인? 우습네. 네가 한 짓은 뭐가 다를까. 착한 척 가식 떨어봤자 너도 결국 우리 중 하나야. 그런데 이제 와 불쌍하다고? 자영아, 우리 솔직해지자. 너는 그냥 네 마음 편하자고 그 애들을 살린 거야. 죄책감을 조금이라도 덜어내기 위해서, 네가 나쁜 사람이 아니라는 걸 인정하기 싫어서."

조목조목 반박하는 말에 자영은 아무런 반박도 할 수 없었다. 그의 말에 틀린 건 없었다. 자신이 아니었다면 이렇게 태어나지 않았을 수도 있었던 아이들이었다. 자영은 실험 중간 단계부터 알고 있었다. 실험의 결과가 어떻게 될지를. 그럼에도 말하지 못했다. 혹시나 성공할 수도 있다는 실낱같은 희망 때문에, 자신의 성과를 선보이고 싶다는 외면하고픈 욕망 때문에.

"……김 PD는 어떻게 했어. 죽였니?"

죄책감에 마음이 복잡해진 자영이 말을 돌렸다. 아니, 사실, 계속 궁금하기는 했다. 자신과 함께 잡혀 왔을 그의 상황이 말이다.

"……."

윤철은 자영의 말에 웃음을 멈추고 그녀를 쳐다봤다.

"김 PD랑 애들은 놔줘. 너희는 어차피 비밀만 숨기면 되잖아. 아이들은 아무것도 몰라. 김 PD한테도 가장 중요한 건 말 안 했고. 내 혀를 잘라서라도, 죽어서라도 비밀 지킬 테니까 그러니까……."

"픞."

자영을 가만히 바라보던 윤철은 이내 못 참겠다는 듯 얼굴을 구기며 웃음을 터뜨렸다. 얼마나 크게 웃는지 눈가에 눈물이 찔끔 맺힐 정도였다.

"아이고. 자영아, 김자영! 이 순진한 여자야. 이래서 똑똑한 척 하는 노처녀들이 제일 다루기 쉽다고 하는 거야."

"무, 무슨 말이야."

당황스러움과 이해 못 할 분노에 자영의 눈가가 바르르 떨렸다.

"우리가 어떻게 아이들의 존재를 알게 됐을 거 같아? 그것도 이렇게 갑자기?"

자영의 가슴속에 무언가 쿵, 하고 떨어졌다. 얼마 전부터 연락이 되질 않던 김 PD가 떠올랐다. 당연히 자신보다 먼저 붙잡혀서 그런 줄 알았는데…….

"자영아, 넌 어떻게 그 나이 먹고도 그렇게 순수하니. 네가 철석같이 믿는 김 PD는 고작 돈 몇 푼에 널 버리고 이민행 비행기를 타셨어요."

"……그럴 리 없어."

김 PD는 3년 전, 예고도 없이 자영을 찾아왔었다. 시간이 꽤 흐른 뒤였지만, 그녀는 그를 기억했다. 박성호 박사의 연구가 막 세상에 알려질 즈음, 연구의 사소한 허점을 놓치지 않고 집요하게 파고들며 추궁하던 젊은 PD. 그러다 갑작스러운 구설수에 휘말려 해고당하고, 그 이후로 다시는 방송계에 발붙이지 못했던 사람. 그는 어떻게 알았는지 잘게 찢어 버린 종잇조각 같은 단서들을 하나하나 그러모아 자영과 아이들을 찾아냈다.

처음에는 김 PD를 멀리했다. 당연했다. 자신의 목숨이 위험할 일을 아무에게나 떠벌릴 수 없었고, 혹시 박성호 박사가 자신을 떠보기 위해 붙인 사람일지 모른다는 의심도 지울 수 없었다. 그러나 그는 끊임없이 자영을 찾아와 자신이 도와줄 수 있으니 제발 모든 사실을 낱낱이 공개하자며 설득했다. 그녀를 바라보던 두 눈은 당신의 실험에 한 점 부끄러움이 없냐며 박성호 박사를 추궁하던 젊은 시절의 그 눈 그대로였다.

그런 김 PD가 배신했다고? 고작 돈 몇 푼 때문에? 자영은 도저히 믿을 수 없었다. 함께 아이들을 챙기고, 아이들이 숨지 않고 돌아다닐 수 있는 세상을 만들자며 자신을 끌어안던 온기에 분명 거짓은 없었다. 그렇다고 믿었는데…….

"김 PD랑 잤다며? 열 살이나 어린 애가 좋아한다고 하니까 좋았어? 오십이나 넘었으면서 왜 그렇게 남자를 몰라? 자고로 남자란 말이야, 나이가 들수록 야망을 버리질 못해요. 그 새끼도 어떻게든 재기하려고 발악하다가 너한테까지 접근한 거 아니야."

"아니야. 거짓말이야……."

"김자영 선생님. 지금이라도 정신 차리세요. 선생님이 사실 길은요, 계속 이 연구소의 개로 사는 것뿐이에요."

윤철은 반쯤 넋이 나간 자영에게 이기죽거리며 그녀를 일으켜 세웠다. 자영이 옅은 신음을 흘렸다. 못이 파고든 자리에서부터 핏자국이 스멀스멀 옷을 타고 번졌다. 윤철은 잠시 붉게 물드는 핏자국을 보다가 이내 살 속 깊이 파고든 케이블 타이를 건드렸다. 그러자 아무리 애를 써도 끊어지지 않던 케이블 타이가 너무나도 쉽게 끊어졌다.

"헉!"

자영은 갑작스러운 해방을 누릴 새도 없이 고꾸라졌다. 오랫동안 같은 자세로 묶여 있다 보니 몸이 마치 남의 몸인 듯 제대로 움직여지지 않았다.

"마실래?"

한참 꿈틀거리다 겨우 목을 가누자, 윤철이 해사한 미소를 지으며 물컵을 내밀었다. 자영은 이 물컵이 단순한 물컵이 아님을 알았다. 이건 윤철이, 아니 박성호 박사가 내미는 마지막 기회였다. 허망한 얼굴로 물컵을 응시하던 자영은 떨리는 손으로 컵을 빼앗아 단숨에 들이켰다. 윤철은 그럴 줄 알았다는 듯 자리에서 일어났다.

"자, 그럼 이제 할 일 하러 가 볼까?"

"잠깐, 그 전에 박사님부터 뵙고. 용서를 구하고 지금까지 있었던 일을 다 말씀드려야겠어."

"그러시든지."

윤철은 과장된 몸짓을 하며 대답했다. 그의 목소리에서 여유가 느껴졌다. 자영은 삐걱거리는 몸을 간신히 움직여 구석에 놓인 가방을 집어 들었다. 그리고 굳은 몸을 풀며 안을 확인했다.

이렇게 될 걸 예상이라도 했다는 듯 가방 안은 사라진 것 없이 그대로였다. 자영은 잠시 심호흡을 하고, 가방 깊숙이 늘 가지고 다니는 걸 꺼냈다.

"언제까지 그……, 컥!"

그리고 혼신의 힘을 다해 윤철을 향해 몸을 날린 다음, 그의 목덜미에 손에 쥔 걸 꽂아 넣었다. 바깥 풍경을 보며 여유를 부리던 윤철은 갑작스러운 자영의 기습에 손쓸 새도 없이 쓰러졌다. 자영의 손에 들린 건 바로 호신용으로 항상 지니던 동물용 마취제였다. 제아무리 윤철이라도 이걸 맞고는 한동안 움직일 수 없을 터였다.

"너, 너……."

윤철은 믿을 수 없다는 표정으로 몸을 일으키려 했지만, 채 말을 다 맺지 못하고 그대로 바닥에 널브러졌다.

"개새끼!"

자영은 쓰러진 윤철을 힘껏 찬 뒤, 그의 주머니에서 차 키를 꺼냈다. 그리고 가방을 챙겨 급히 오두막을 나섰다. 자영은 제대로 움직여지지 않는 다리를 필사적으로 움직여 가며 오두막 앞에 세워진 윤철의 차에 올라탔다. 윤철이 깨어나기 전에 얼른 아이들에게 가야 했다. 김 PD에게 모든 이야기를 들었다면 아이들을 그곳에 둬서는 안 됐다. 자신의 곁에 두어서도 안 됐다. 이제 아이들을 품에서 떠나보낼 때가 왔다. 그것이 아이들의 '마더'로서 자신의 마지막 숙명이자 임무였다. 자영은 차 키를 꽂고 시동을 걸었다.

＊＊＊

"에휴……."

차에 올라탄 자영이 흙먼지를 일으키며 저 멀리 사라지자, 바닥에 쓰러져 있던 윤철이 언제 그랬냐는 듯 벌떡 일어났다. 그는 자영이 발로 차고 간 옆구리를 쓱쓱 털더니 우습다는 듯 낄낄거리며 제 얼굴을 쓸었다.

"하여간 김자영이, 멍청해요."

토끼몰이 시간이 다가오고 있었다.

4

택시가 구불구불한 2차선 도로를 쉴 새 없이 달렸다. 제로는 멀미가 날 거 같아 창문을 내렸다. 세온 의료단지는 사방이 높은 산으로 둘러싸인 분지에 지어진 탓에 그곳에 가려면 어디로 가든 늘 구불구불한 산길을 지나야 했다. 나무 사이를 헤치며 불어오는 서늘한 산바람에 제로는 가라앉은 기분과 메스꺼움이 조금이나마 나아짐을 느꼈다.

얼마 지나지 않아 저 멀리 커다란 건물들이 밀집된 장소가 보이자 제로는 정문과 조금 떨어진 곳에 택시를 세웠다.

"혹시 기다려 주실 수 있나요? 여기는 택시 잡기가 힘들 거 같아서요."

"나야 손님 태워 가면 좋지. 얼마나 있을 건데?"

어린아이가 왜 이 먼 길을 달려왔는지 궁금할 법도 하건만, 택시 기사는 간만에 좋은 건수를 잡았다 싶었는지 세세하게 캐묻지 않았다.

"오래 안 걸려요."

"그래? 그럼 아까 오다가 지나친 중국집 봤지? 거기서 점심이나 때우고 있으마. 너무 안 오면 그냥 갈 거니까 그땐 알아서 하고."

"네."

왔던 길을 되돌아가는 택시를 보며, 제로는 한결 얇아진 봉투를 품 안에 챙겨 넣었다.

"······."

오래전, 자영은 만일 아이들이 정말 죽을 위기에 놓였을 때 연락하라며 이곳을 알려주면서도, 절대 찾아와서는 안 된다고 당부했었다. 말을 하는 자영은 은행에 가지 말라고 했을 때보다 더 무섭고, 강압적이었고, 절박했다. 그러나 제로는 이대로 투를 죽게 내버려 둘 수 없었다.

제로는 만일 자영이 이곳에 없으면 어떡하지란 생각이 머릿속을 스쳤지만, 어찌 됐든 지금은 할 수 있는 모든 걸 다 해보는 수밖에 없었다. 제로는 기억을 헤집으며 서류에서 본 자영의 사무실 위치를 떠올렸다. B동 504호. 제로는 정문 앞에 자리한 의료단지 안내도를 살피며 B동이 있을 위치를 가늠했다.

"저기······."

그런 제로의 손목을 누군가 덥석 움켜잡았다. 화들짝 놀라 뒤를 돌아보니 머리카락이 허리춤까지 오는 긴 생머리의 여자가 서 있었다. 대학생으로 보이는 여자는 암막 커튼처럼 앞으로 내려온 머리카락을 넘기며 다급히 주위를 살폈다. 좌우로 흔들리는 눈동자가 어딘가 그늘지고 축축해 보였다.

"이거……, 놓으세요."

제로는 손목을 빼며 뒷걸음질 쳤다. 손목에 남은 땀 때문인지, 불안정해 보이는 여자의 태도 때문인지 이유 모를 불쾌함이 스멀스멀 몸을 기어다녔다. 경계하는 걸 알아챘는지 여자는 손을 거두었지만, 이리저리 흩어지던 시선은 어느 순간부터 제로의 가슴 언저리 자리한 십자가에 박혀 떨어질 줄 몰랐다.

"겁도 없이 사탄의 소굴로 들어가려고 하다니, 어리다고 객기 부리다가 큰일 나요."

"저를 아세요?"

제로가 십자가를 티셔츠 안으로 숨기며 물었다.

"알죠."

여자는 별안간 눈을 번득이더니 우악스럽게 제로를 끌어당겼다. 그리고 다짜고짜 자신의 목에 건 십자가를 들이밀었다.

"집회에 온 거죠? 아직 어린데 장하네요!"

"그게 무슨……."

흥분한 여자의 말을 이해하지 못해 되묻던 제로는 그녀의 뒤,

그러니까 단지 건너편에서 피켓을 들고 선 무리를 발견하고서야 상황을 이해했다.

인간 윤리를 경시하는 게놈 편집을 당장 멈춰라.
신의 뜻을 거스르는 사탄 박성호!
맞춤 아기 반대!!

"어느 공소에서 왔어요?"

"저는 그냥 사람을 찾으러 왔을 뿐이에요."

"예? 내일 열릴 집회에 지원 온 거 아니고요?"

"아니에요."

제로는 친밀하게 다가오는 여자를 밀어냈다. 지금은 이들과 노닥거릴 시간이 없었다.

"누굴 찾으러 왔는데요? 무슨 일로?"

그러나 여자는 집요하게 달라붙었다. 계속된 질문에 제로는 점점 짜증이 나기 시작했다.

"말해야 하나요?"

"무슨 일이에요?"

제로가 여자와 실랑이하는 사이, 건너편에서 피켓을 흔들던 사람들이 천천히 둘을 둘러쌌다. 제로는 그들의 눈빛을 빠르게 읽었다. 경계심, 적대감, 약간의 호기심, 그리고 폭력성. 잘못 대답했다가는 큰일 날 수도 있을 듯했다. 제로는 사람들이 들고 있던 피켓의 문구를 다시 훑었다. 신, 사탄, 윤리……, 빠르게 머리를 굴리며 어떤 대답이 이들을 만족시킬지 끄집어냈다.

"궁금해서 왔어요."

"궁금?"

"네. 미스터리 동아리에서 활동하고 있거든요."

제로는 긴장한 티를 숨기며 태연하게 말을 이었다.

"오늘이 마침 개교기념일이라 취재할 사람이 있을까 찾아왔어요."

"고등학생?"

"네."

"뭘 취재하려고요?"

"돌연변이요. 여기서 진행됐던 유전자 조작 시술에 문제가 많다는 이야기를 들어서요. "

사람들이 빠르게 시선을 교환했다. 제로는 그들의 얼굴에 경계가 풀리는 걸 놓치지 않았다.

"재밌네요. 괜찮으면 우리와 이야기를 나눠보는 건 어때요?"

"좋죠. 피켓을 보니 아시는 게 많은 거 같은데. 근데, 먼저 제 친구랑 만난 다음에 이야기를 들어도 될까요? 오늘 여기서 같이 조사하기로 한 일행이 있거든요. 아까 말씀드렸죠? 사람을 찾는다고……."

"아, 그렇구나."

여자는 의심이 완전히 풀린 듯 이제 말까지 놓기 시작했다. 제로는 달아날 거라면 바로 지금이라는 생각이 들었다.

"예, 친구랑 만나고 바로 이쪽으로 올게요."

제로는 밝게 웃으며 의료단지 안쪽으로 걸어갔다. 다행히 그들은 뒤쫓지 않았고, 종종걸음으로 걷던 제로는 그들의 시야에 완전히 벗어나자마자 빠르게 내달렸다.

"미치겠네!"

한시가 급한데, 너무 많은 시간을 뺏겨버렸다.

빠앙!

그때 뒤에서 검은 자동차 한 대가 경적이 울렸다. 자신을 칠 듯이 달려오는 자동차에 제로는 순간 얼어붙었다. 차는 고작 몇 걸음 앞에서 바퀴가 미끄러지는 요란한 소리를 내며 멈춰 섰다. 이윽고 자동차의 문이 열리고, 차에서 내린 사람은 다름 아닌 자영이었다.

"마더!"

며칠 동안 씻지 못해 엉망인 데다가 여기저기 옷이 찢어지고, 심지어는 피까지 흘리는 자영의 모습에 제로가 소리치며 다가 갔다.

"다쳤어요?"

"너 왜 여기 있는 거야! 내가 오지 말라고 했잖아!"

자영은 숨을 고르자마자 버럭 소리를 질렀다. 변명할 거린 많았지만, 심각한 모습에 제대로 말이 나오지 않았다.

"마더, 투가⋯⋯."

자영은 제로가 겨우 뱉어낸 한 마디에 모든 상황을 이해했다. 그녀는 순간 이는 현기증에 비틀거렸다.

"마더, 도대체 어떻게 된 거예요?"

제로는 쓰러지는 자영을 다급히 부축했다.

"너희한테 가려고 했는데, 정문으로 네가 들어가는 게 보여서⋯⋯."

"아뇨, 도대체 어디에서 뭘 하고 있었던 거냐고요. 납치당한 거예요? 경찰, 아니, 일단 의사라도 불⋯⋯."

"안돼, 여기 있는 모두가 위험해!"

자영은 다급히 제로를 붙잡았다. 그리고 당황해 안절부절못하는 손을 꼭 쥐었다.

"도망가야 해."

제로는 문득 섬뜩함을 느꼈다. 누군가가 자신들을 감시하는 느낌. 그러나 고개를 들어 주위를 둘러봐도 근처에는 아무도 없었다.

"가방 안에 한 달 치의 인슐린이 있어. 가지고 가."

"마더는요?"

"나는 못 가."

"마더, 제발 제대로 대답 좀 해 주세요! 무슨 일이 벌어지고 있는 거예요?"

제로는 자꾸만 말을 아끼며 밀어내는 자영에게 결국 소리를 질렀다. 무언가 크게 어긋나고 있음은 바보라도 눈치챌 수 있었다. 자영은 그 질문에 답하는 대신 떨리는 손으로 제로의 양 뺨을 잡고 눈을 맞췄다.

"제로. 누누이 이야기했었지? 언젠가 내가 너희들을 영영 떠날 수도 있다고. 그러니 내가 없이도 살아 나가는 법을 배워야만 한다고. "

"……."

"그때가 온 것뿐이야. 여길 벗어나면 원, 투와 함께 당장 판자촌을 떠나도록 해. 인슐린은 네가 구하기 어렵겠지만, 그 여자라면 어떻게든 구할 수 있을 거야. 인맥이든 뭐든 동원해서 알아서 하겠지. 투는 주사만 꼬박꼬박 맞으면 괜찮아. 원은……. 네가 잘 챙겨줘야 해. 아무리 힘이 세도 어쩔 수 없으니까. 꼭 선글라스를 쓰게 하고, 피부도 빈틈없이 가리고."

"갑자기 왜 그래요, 어디로 가란 말이에요?"

"너희 엄마에게 가. 누군지 알지?"

자영의 말에 제로는 말을 잃었다. 확실히 그는 엄마가 누구인지 알고 있었다. 그러나 자신이 알고 있다는 사실을 자영이 알고 있다는 건 몰랐다.

"얼마 전에 그녀에게 유전자 검사지를 보냈어. 그걸 보면 네가 아들이라는 사실을 아예 무시하지는 못하겠지. 제로, 끝까지 지켜주지 못해서 미안해. 나중에 모든 진실을 알게 되더라도, 나를 부디, 아냐, 이 말은 못 들은……."

"싫어요! 그 여자한테 가느니 차라리 골방에서 우리끼리 사는 게 나아요."

제로가 말을 끊으며 고함을 질렀다. 두 눈가가 붉게 물들었다. 제로는 내내 친엄마를 원망했다. 비록 몇 번인가 친엄마를 찾아가긴 했지만, 그건 결코 그리워서가 아니었다. 그저 알려주고 싶었다. 당신이 버린 내가 어떻게 살고 있는지. 하지만 막상 친엄마라는 사람은 골방에서 살아가는 자신보다 더욱 초라하고 볼품없어 보였다. 그래서 제로는 더욱더 친엄마가 싫었다. 마음 놓고 미워할 수도 없게 만들어서. 자영은 울먹이는 어깨에 말없이 손을 올렸다.

"싫어도 가야 해. 이대로 있다간 너희들 모두 죽고 말 거야."

"죽는다고요?"

엉망인 자영의 몰골과 그녀가 절박하게 뱉어 내는 말들. 제로는 도대체 지금 상황이 얼마나 심각한지 감이 잡히지 않았다.

"그래, 그러니 원과 투를 데리고 골방을 벗어나. 그 여자를 찾아가서 도움을 받고, 또 어딘가로 멀리멀리 떠나. 아무도 찾지 못하는 곳으로, 아무도…… 믿지 말고."

자영은 목이 멘 듯 잠시 고개를 숙였다.

"그리고 제로. 네 엄마는 아무것도 몰라. 너는 버려진 아이가 아니라 잃어버린 아이야. 그러니 네 엄마를 너무 미워하지 마렴."

버려진 아이였던 자영은 가족을 미워한다는 게 얼마나 슬픈 일인지 잘 알았다.

"그딴 거 필요 없다고요. 마더가 제일 중요해요. 그냥 같이 가요. 조금만 더 가면 택시가 기다리고……."

제로는 자꾸 자영의 말을 가로막았다. 그녀가 건네는 말이 꼭 유언처럼 들렸기 때문이다.

"저쪽을 찾아봐!"

그때 저 멀리서 여러 발소리와 함께 다급한 외침이 들렸다.

"시간이 별로 없어."

자영은 본능적으로 그 소리가 자신을 찾는 소리임을 알았다. 윤철이 깨어나려면 한참이나 있어야 할 텐데, 문득 의문이 들었지만 세세하게 따질 시간이 없었다. 그녀는 강제로 가방을 쥐여주며 제로를 일으켜 세웠다.

"잘 들어, 제로. 그 십자가 목걸이에 아주 중요한 진실이 담겨 있단다. 누구한테도 빼앗겨서는 안 돼. 네가 가지고 있다가 최후의 위험이 닥쳤을 때 꺼내 봐. 알겠지?"

"마더……."

"도망쳐. 주위는 내가 끌 테니."

"같이 가요. 제발……."

짝! 제로는 순간 무슨 일이 일어났는지 깨닫지 못했지만, 곧 이어 뺨에 느껴지는 화끈한 통증과 자신을 쏘아보는 자영을 보며 그녀가 자신의 뺨을 때렸음을 알았다.

"가, 좀 제발 꺼지라고! 왜 이렇게 말을 안 듣니? 너나 다른 애들 다 지겨우니까 너희들끼리 알아서 살라고! 가라고!"

자영에게서 처음 듣는 험한 말들, 그러나 제로는 제 살갗을 베는 날카로운 말들을 듣기보다 자영의 눈을 봤다. 일렁거리는 눈물 뒤에 숨겨진 그녀의 감정도. 그래서 더는 어리광을 부려선 안 된다는 걸 알았다. 제로는 자영이 넘겨준 가방을 멨다. 그리고 잰걸음으로 서서히 멀어졌다.

"뒤도 돌아보지 말고 뛰어."

자영이 이내 미소 지으며 그 말을 뱉었을 때, 제로는 고개를 돌려 앞을 바라봤다. 그리고 있는 힘껏 달렸다.

***

"헉, 헉……."

제로를 떠나보내고, 자영은 일부러 자신을 쫓는 이들에게 들킨 다음 다른 방향으로 달아났다. 성치 않은 몸으로 숲길을 달리자니 당장이라도 심장이 터질 것 같았지만, 멈추지 않았다. 흙탕

물에 신발이 빠져도, 나뭇가지에 팔이 긁혀도 계속 달렸다. 제로가 1초라도 더 멀리 달아날 시간을 벌 수만 있다면 이쯤은 아무것도 아니었다.

그러나 달리면 달릴수록 마음 한편에 의구심이 들었다. 필사적으로 도망치고 있긴 했지만, 희한하게도 뒤쪽과의 거리가 줄어들지 않았기 때문이다. 저들은 건장한 남자들이었고, 자신은 몸도 성치 않은 오십 대 아줌마인데 이게 어떻게 된 걸까. 거기다 이쪽은 어딘가…….

"생각보다 늦었네?"

자영의 의문은 곧 눈 앞에 펼쳐진 풍경이 답을 줬다. 넓은 공터에 윤철이 서 있었다. 그 뒤로 익숙한 오두막이 보였다. 그들의 의도는 자영을 붙잡는 게 아니라 몰아가는 거였다. 거친 숨을 고르는 그녀의 눈동자에 절망의 기색이 스쳤다.

"이윤철……."

윤철은 자영에게 손을 흔들었다. 다가오며 환히 웃는 그의 미소에는 오만함이 가득했다. 어느새 뒤따라온 남자들이 양쪽에서 자영을 붙잡았다.

"걔들 중에 하나 맞지? 방금까지 너랑 같이 있었다던 아이."

자영은 가슴이 철렁했다. 모두 알고 있었던 걸까. 아니, 어쩌면 모든 게 윤철이 판 함정일지 몰랐다. 아무리 그라도 마취제를 맞고 이렇게 멀쩡한 건 이상했으니까.

"걔는 건들지 마!"

"걱정하지 마. 아직은 안 건드려. 사냥에서 괜히 욕심부리면 다 놓칠 수 있거든."

악에 받쳐 푸들푸들 떠는 자영을 쓰다듬으며 윤철이 이기죽거렸다. 자영은 그 느물거리는 얼굴을 힘껏 때려주고 싶었지만, 그녀의 힘으로는 역부족이었다.

"······하늘이 무섭지도 않아?"

"에휴, 너는 진부하게 그게 뭐냐. 하늘이 무섭냐고? 봐봐. 맑기만 하잖아."

씹어내듯 내뱉는 말에 윤철이 얼굴을 찌푸리며 하늘을 가리켰다. 하늘은 참담한 자영의 심정과 달리 더없이 높고 푸르렀다.

"그 아이들이 얼마나 괴롭고 힘든지 상상이나 해 봤어?"

"그럼. 그러니 이러는 거잖아. 아마 그 애들도 누군가 삶을 끝내주길 바랄걸?"

"아니, 그 애들은 달라. 걔들은 너처럼 멍청하지 않거든."

이를 드러내며 웃는 자영의 말에 시종일관 장난기를 잃지 않던 얼굴이 일순 굳어졌다.

"시끄럽네, 정말."

"아악!"

윤철은 자영의 빗장뼈 사이로 손가락을 쑤셔 넣었다. 신경과 근육이 뚫리는 고통에 자영이 비명을 내지르며 허물어졌다.

"이해할 수가 없네. 돈과 명예가 보장되는 일을 왜 마다하는 거야? 이번 미국 VIP 건까지 해결하면 어떤 미래가 펼쳐질지 상상이 안 돼?

"남을 속여서 얻는 미래가 그렇게 탐나니?"

"속여? 속이긴 누가 속여! 다 원해서 한 일이잖아. 아이는 낳고 싶고, 멀쩡하지 않은 애를 낳기는 두려워서 연구소를 찾은 거 아니었나? 우리는 그냥 고객이 원하는 대로 됐다고 믿게 해 주면 돼. 그게 진짜 믿음이야."

"그 말, VIP한테도 똑같이 말해 봐. 당신이 낳을 아이 중 하나는 반드시 장애를 가진다고. 장애를 가지고 태어난 제 새끼는 우리가 친절하게 죽여 준다고!"

윤철의 눈에 불꽃이 일었다. 그는 품속에서 총을 꺼내 자영의 이마에 총구를 가져다 댔다. 그리고 화를 가라앉히려 애쓰며 크게 심호흡했다.

"자영아. 우리가 널 죽이지 못할 거라고 생각하나 본데, 이미 박사님께서도 어쩔 수 없는 일은 어쩔 수 없다고 하셨어. 자꾸 내 인내심 시험하지 말고……."

"엿이나 먹……."

탕. 남자들이 붙잡고 있던 자영의 팔을 놓았다. 아이들의 든든한 그늘이 돼 주던 나무가 천천히 쓰러졌다. 점점 빛을 잃어가는 눈동자가 마지막으로 떠올린 건 그늘에서 맑게 웃던 아이들의 모습이었다.

"치워."

윤철은 사람을 죽인 게 아니라 골치 아픈 쓰레기를 처리한 듯 담담히 옷매무시를 가다듬었다. 부하 중 하나가 건넨 손수건으로 여기저기 튄 피를 닦으며, 그는 하늘을 올려다봤다.

"날씨 좋네, 기분 잡치게."

5

화물차 기사는 뻘쭘하게 조수석을 곁눈질했다. 조수석에는 제로가 창문에 고개를 파묻은 채 숨죽여 울고 있었다. 이를 악물고 필사적으로 흐느낌을 참았지만, 옅게 떨리는 어깨는 어찌할 수 없었다. 기사는 소년이 왜 홀로 거기에 있었는지, 무슨 일 때문에 그러는지 묻고 싶은 게 많았지만, 너무나도 슬프게 우는 모습에 결국 아무런 말도 건네지 못하고 그저 차를 몰았다.

***

탕!

제로는 저 멀리서 들린 총성에 걸음을 멈췄다. 그는 직감적으로 그 총성이 자영을 향한 것임을 알았다. 그리고 그녀가 더는 이 세상 사람이 아님도 짐작했다. 붉게 충혈된 눈에서 끊임없이 눈물이 흘러내렸다. 이럴 줄 알았다면 어떻게 해서든 함께 움직였어야 했는데, 제로는 그 자리에서 목 놓아 울고 싶었지만, 그럴 수 없었다. 이제는 유언이 된 그 말을 지키려면 슬픔을 누릴 새가 없었다. 한시라도 빨리 원과 투에게 가야 했다.

"아저씨!"

"어, 학생, 여기야."

손님이라고는 택시 기사와 정장 차림의 세 남자뿐인 한산한 중국집, 다행히 아직까지 기다리고 있던 택시 기사가 제로를 보고는 손을 흔들었다.

"지금 갈까?"

"네. 빨리……."

제로는 다급하게 택시 기사를 재촉했지만, 그 순간 무언가 이상함을 느꼈다. 그리고 이내 그 이상함이 방금 홀에 앉은 세 남자 때문임을 알았다.

그들은 식사를 하러 왔음에도 그저 멀뚱히 앉아 있었다. 물론 식사가 나오지 않아서일 수도 있지만, 그렇다기에 그들은 테이블에 수저를 놓지도, 컵에 물을 따르지도 않았을뿐더러 이 더운 날에도 상의를 벗지 않고 있었다. 그리고 보니 택시 기사의 얼굴도 어딘가 굳고 어색해 보였다.

"……잠시만요. 저 화장실 좀 다녀올게요."

제로는 재빨리 둘러대며 화장실로 향했다. 그 순간 남자들이 있는 테이블에서 의자가 끌리는 소리가 났다. 제로는 화장실에 들어가자마자 문을 걸어 잠갔다.

'어떡하지……'

이대로 도망친다면 잡힐 게 뻔했다. 제로는 주위를 둘러보며 이 상황을 어떻게 헤쳐 나갈지 궁리했다. 여차하면 창문을 통해 빠져나갈 속셈이었는데, 아쉽게도 창문은 제로가 빠져나가기에는 너무 작았다.

철컥철컥.

바깥에서 누군가 문을 잡아당겼다. 헐겁고 낡은 화장실 문은 금방이라도 열릴 듯 덜컹거렸다. 흔들리던 문손잡이는 문이 열리지 않자 금세 멈췄다. 그러나 제로는 그들이 포기한 게 아니라 들이닥치기 전 숨을 고르고 있음을 알았다. 제로는 방금 보았던 중국집의 풍경을 떠올리며 지금 자신이 할 수 있는 최선의 동선을 그렸다.

쾅!

"으악!"

커다란 소리와 함께 한 남자가 문을 발로 차며 화장실에 들어왔다. 제로는 구석에 있던 락스 통을 집어 들어 그대로 그를 향해 던졌다. 제로는 락스를 뒤집어써 눈을 감고 비틀거리는 남자의 머리를 잡아 벽에 갖다 박은 다음 화장실을 뛰쳐나왔다.

"잡아!"

바깥에서 기다리던 남자들이 놀라 뛰쳐왔다. 제로는 머릿속에 그리던 대로 가까운 테이블 위 고춧가루 통을 집어던졌다.

"콜록, 콜록!"

알싸한 고춧가루에 남자가 연신 기침을 하며 몸을 숙였다. 제로는 그대로 등을 타 넘은 뒤, 수저통에서 젓가락을 꺼내 마지막 남자의 빗장뼈 사이 움푹 들어간 곳에 박아넣었다. 나무젓가락이 절반이나 박혀 들어간 남자는 숨도 제대로 못 쉬고 쓰러졌다..

"하아, 헉……."

순식간에 남자들을 처리한 제로가 숨을 몰아쉬며 택시 기사를 노려봤다.

"아니, 난, 저기 저 사람들이 협박해서 어쩔 수 없이……."

택시 기사는 식은땀을 흘리며 변명했다. 마음 같아서는 그도 혼쭐을 내주고 싶었지만, 시간이 없었다. 제로는 쓰러진 남자들이 일어서기 전 재빨리 중국집을 벗어났다.

***

"정말 여기서 내려도 괜찮겠냐?"

"네. 여기서 버스 타고 가면 돼요. 정말 감사합니다. "

산봉시 초입에 들어가는 길목, 제로는 발개진 눈가를 숨기며 화물차 기사에게 인사했다. 때마침 얻어 탄 화물차가 산봉시로 향하는 차였던 건 오늘 제로에게 얼마 없는 행운이었지만, 그 행운과 맞바꾼 불행이 너무나도 컸기에 그리 달갑지 않았다.

화물차가 저 멀리 사라지자, 제로는 혹시 몰라 품었던 돌덩이를 바닥에 버리고는 가까운 팬시점으로 향했다. 그리고 원이 쓸 선글라스와 모자, 장갑, 토시 등 급히 필요한 몇 가지 물건을 산 다음 곧장 버스에 올라탔다.

"······."

집으로 돌아가면서, 제로는 자영과 함께했던 시간들을 떠올렸다. 비가 새는 지붕을 수리하다 자신이 미끄러졌던 일, 원이 낮에 까불다가 화상을 입어 크게 혼났던 일, 이불 빨래를 하다 그 속에서 튀어나온 벌레에 자영이 기겁했던 일······.

늘 무언가에 쫓기듯 왔다가 사라지고, 들키지 않으려 애쓰며 최소한의 도움만을 줬지만, 제로는 자영의 말과 행동에 항상 따뜻함이 배어 있음을 알았다. 방치가 아닌 관심이었다. 악의가 아닌 사랑이었다. 변명이 아닌 진심이었다. 그건 피가 섞인 사람들도 쉽사리 나누지 못하는 감정이었다.

제로는 목에 걸린 십자가를 들어 올렸다. 자영은 이 목걸이에 진실이 담겼다고 했다. 어떤 비유인 걸까. 그는 십자가를 이리저리 만지며 고민해 봤지만, 아무리 생각해도 답을 알 수 없었다. 한참 끙끙거리던 제로는 십자가를 다시 옷 안에 넣었다. 지금은 이것보다 더 중요한 일이 있었으니까.

"마더. 저 여기에 있어요. 마더! 여기에……."

집 앞에 도착하자 얇은 문 너머로 가는 목소리가 흘러나왔다. 제로는 그 소리를 듣자마자 급히 집안으로 뛰어 들어갔다.

"제로, 왜 이렇게 늦었어! 마더는? 마더 찾으러 간 거 아니었어?"

투를 돌보고 있던 원이 어쩔 줄 몰라 발을 구르고 있었다. 얼굴이 온통 눈물 콧물 범벅이었다. 투는 초점 없는 눈동자로 천장을 바라보며 무언가 움켜쥐려는 듯 쉴 새 없이 허공을 휘젓고 있었다. 그렇게 심각한 모습은 처음이었다. 제로는 벌벌 떨리는 손으로 가방을 헤집어 인슐린을 꺼냈다. 떨림을 가까스로 진정시키며 배꼽 옆에 바늘을 찔러 넣었다.

"투 조금만 참아."

신중히, 그리고 간절히 인슐린을 주사하며 투의 상태를 살폈다. 다행히 가쁘게 오르락내리락하던 가슴께는 시간이 흐를수록 완만해졌다.

"휴……."

제로는 안도의 한숨을 내쉬며 바닥에 주저앉았다. 투가 어떻게 되는 줄 알고 얼마나 힘을 줬는지 온몸의 근육이 쑤실 정도였다. 원도 그제야 안심이 되는 듯 눈물 자국을 닦았다.

"제로, 마더를 만난 거지? 마더는? 왜 안 온대?"

"마더는……. 이제 못 와."

어떻게 말하면 좋을지 몰라 한참 입술을 달싹이던 제로는 원의 눈을 피하며 웅얼거렸다.

"무슨 소리야?"

"나중에 설명할게. 일단 여기서 도망치는 게 먼저야."

그리고 원의 관심을 돌리려는 듯 봉투를 내밀었다.

"이게 뭐야?"

"네가 입을 옷. 지금 나가야 하니 빈틈없이 챙겨 입어. 선글라스도 꼭 끼고."

"……제로."

원이 이해되지 않은 상황에 어리둥절해하는 그때, 등 뒤에서 힘없는 목소리가 들렸다.

"투. 정신이 들어?"

"걱정했잖아!"

투는 겨우 고개만 돌려 바짝 달라붙은 두 친구를 쳐다봤다.

"……너희도 따라 죽은 거야?"

"너 안 죽었어, 인마."

제로는 시니컬한 농담에 웃음을 터뜨렸다. 다신 못 들을 줄 알았던 농담을 들으니 눈물과 웃음이 동시에 터져 나왔다.

"유감이네."

"야, 씨! 진짜 죽는 줄 알고 쫄았잖아."

원의 얼굴에도 안도의 미소와 함께 눈물이 맺혔다.

"……그나저나 무슨 말이야, 밖으로 나간다니."

투는 의식이 희미한 와중에도 오가는 말을 들은 모양이었다. 제로는 이번에도 대답을 피하며 자리에서 일어나 필요한 물건들을 챙겼다.

"나중에 설명할게."

"그거 마더 가방 아니야?"

"……바쁘셔서 가방만 주셨어. 일단 나가야 해. 원, 너는 얼른 옷 챙겨 입어."

"도대체 어딜 간다는 거야. 내 몸도 그렇고, 투도 이제 겨우 정신을 차렸는데."

이해할 수 없는 제로의 행동에 원과 투는 자꾸만 되물었다.

"일단 산봉시 외곽 신도시 쪽으로 갈 거야."

"신도시 쪽? 혹시 네 친엄마에게 가는 거야?"

바삐 오가던 손이 멈췄다. 제로는 놀란 얼굴로 투를 돌아봤다. 힘겹게 몸을 일으킨 투는 아무것도 모를 줄 알았냐는 듯한, 비웃음과 분노가 섞인 얼굴을 하고 있었다.

"너네 친엄마가 자기랑 같이 살자고 해?"

"엄마? 제로, 너 친엄마 찾았어? 어떻게? 마더가 알려준 거야?"

제로는 입술을 깨물었다. 둘에게 어떻게 설명해 줘야 할지 감이 잡히지 않았다. 열다섯 평생을 부모 없이 살아온 만큼 원과 투가 '부모'라는 것에 가지는 의미는 남달랐다. 선명한 그리움과 명확한 분노, 그리고 채워지지 않는 애정, 그 모든 감정이 부모라는 말에 섞여 있었다. 제로가 그중 원망이 선명한 데 반해 투의 큰 감정은 늘 그리움이었다. 그랬기에 제로는 자신만 친엄마를 알고 있다는 사실과 그녀에게로 가겠다는 말이 둘에게 큰 배신으로 느껴질까 두려웠다.

"그런 게 아냐."

제로는 잘못을 저지른 사람처럼 변명했다.

"우릴 버리려는 거야, 마더도?"

"그런 거 아니라니까."

제로가 가까이 다가가려 하자 투가 팔을 뻗으며 제지했다.

"투!"

균형을 잃고 쓰러지는 그를 원이 부축했다.

"갈 거면 너나 가. 나는 여기서 원이랑 마더랑 살래."

자영을 찾는 말에 또 가슴이 내려앉았다. 갑작스러운 상황을 받아들이지 못해 경계하는 아이들, 그 상황이 이해 가지 않는 건 아니지만 한시가 급한 상황에 이러고 있자니 답답해 미칠 것 같았다. 하지만 제로는 지금 어떤 상황인지, 자신이 어떤 일을 겪고 왔는지 쉽사리 말할 수가 없었다.

"……그럴 수 없어."

"네 엄마지 우리 엄마가 아니잖아! 무슨 생각인진 모르겠지만, 민폐 덩어리인 우리를 누가 좋다고 받아주겠어?"

또다시 버림받을까 두려워하는, 그렇기에 자신을 받아 준 자영의 존재가 더없이 소중한 아이들. 제로는 원과 투를 바라봤다. 알고 있었다. 둘도 자신과 마찬가지로 자영의 마지막을 알 자격이 있다는걸. 하지만 그럼에도 주저했다. 입 밖으로 꺼내면 정말 그녀가 죽었음을 인정하는 것 같아서. 자신이 또 한 번 죽이는 거 같아서. 그러나 지금 같은 상황에서 언제까지 침묵만 할 수는 없었다.

"마더가 죽었어."

"……뭐?"

"방금 뭐라고 했어?"

원과 투는 듣지 못한 것처럼 되물었다. 제로는 더 말했다가는 눈물이 쏟아질 것 같아 입술을 깨물었지만 어찌할 수 없는 눈물이 뺨을 타고 흘렀다. 원과 투는 그 눈물을 보며 지금껏 제로가 보인 이상한 행동들이 이해가 갔다.

"정말이야? 네가 직접 본 거야?"

"마더를 죽인 사람들이 우릴 쫓아올 거야. 마더가 말했어. 멀리 도망치라고. 아니면 우리도 죽는대. 그러니까 당장 여기를 떠나야 해. 믿기 어렵겠지만 진짜야."

원과 투의 눈망울에도 전염된 듯 눈물이 일렁거렸다. 둘은 알겠다는 듯 고개를 끄덕였다.

"잠깐만."

투의 표정이 별안간 심각해졌다. 그는 무언가 이상함을 느낀 듯 미간을 찡그리더니 눈을 감고 귀를 기울였다.

"누군가 이 동네에 들어왔어. 수가 꽤 많아. 젊은 사람들 같고. 네가 말했던 그 사람들일까?"

투는 이따금 저 멀리서 난 소리도 마치 옆에서 난 것처럼 듣곤 했는데, 그의 귀에 무언가가 스친 모양이었다.

"아마도. 어디쯤 온 거 같아?"

"동네 초입쯤."

"그게 들려?"

"여긴 사람들이 안 사는 만큼 소리가 잘 울리니까. 대충 그 정도 거리인 것 같아."

인악마을은 길도 가파르고 폐촌이나 다름없어 이따금 길 잃은 노숙자나 한둘 찾아올 뿐, 담배를 피우거나 나쁜 짓 하려는 양아치들도 잘 오지 않았다. 젊은 사람 여럿이 우르르 다가올 만한 곳은 아니었다. 제로는 다급히 가방을 챙겨 들었다.

"원, 마저 옷 챙겨 입어."

"도망치지 말고 싸우면 안 돼? 마더의 복수를 하자!"

원은 당장에라도 뛰쳐나갈 듯 씩씩거렸다. 투의 청력과 마찬가지로 원도 특별한 능력을 지니고 있었는데, 그건 바로 어른 몇

명이 동시에 달려들어도 이길 수 없을 만큼 엄청난 괴력이었다. 평생을 괴롭히는 병과 함께 몸에 남은 능력, 마더는 그걸 신이 죄책감에 남겨 준 희망이라고 했지만, 제로는 그 능력이 꼭 부모가 아이를 버리기 전 함께 넣어 두는 인형처럼 느껴졌다.

"안 돼. 수가 얼마나 되는지도 모르고, 총도 가지고 있어. 힘만 믿고 싸울 수 있는 상대는 아닐 거야."

제아무리 원이 세더라도 총을 맞고 무사할 리 없었다. 원은 잠시 주저하다가 결국 한숨을 내쉬며 옷을 입었다. 그사이 제로는 붓기로 퉁퉁 부은 투의 발에 신발을 신겼다. 힘겹게 구겨지는 투의 신발은 거의 새것이나 다름없었다.

"투는 내가 업고 갈게. 원, 너는 뒤에서 좀 받쳐 줘."

신발 끈까지 꼼꼼히 묶은 제로가 가방을 앞으로 메며 등을 돌렸다. 힘을 따지면 원이 투를 업는 게 맞았지만, 키가 작은 원이 업었다가는 발이 질질 끌릴 게 분명했으므로 어쩔 수 없었다.

"걸을 수 있어……."

"너 방금 죽다 살아났어. 지금은 고집부릴 때가 아냐."

투가 머쓱한지 괜한 자존심을 부렸지만, 제대로 몸을 가누지 못했다. 제로는 반항을 무시하며 걸레나 다름없는 옷가지들로 투가 떨어지지 않도록 단단히 고정했다.

"다 입었어, 제로."

그사이 원은 중무장을 마쳤다. 살 한 뼘 보이지 않도록 옷을 걸친 모습이 많이 과해 보였지만, 햇볕을 막기 위해서는 어쩔 수 없었다.

"……."

제로는 떠나기 전 마지막으로 골방을 훑었다. 지금까지 이곳이 그렇게도 싫었는데, 막상 나가려고 하니 너무나도 두려웠다. 제로는 이 골방이 자신을 가둬두었던 감옥이 아니라 자영이 자신들을 보호하기 위해 쳐둔 울타리임을 그제야 깨달았다. 제로는 마음을 다잡으며 울타리 밖으로 발을 디뎠다.

"제로. 그 사람들이 벌써 중턱까지 올라왔어."

원과 투가 불안한 기색을 감추지 못했다. 바깥에 익숙지 않은 둘에게는 이 골방을 떠나는 게 제로보다 훨씬 더 불안한 일이었다. 그 모습에 제로는 다시 한번 마음을 다잡았다. 그는 고개를 들어 동네 뒤편에 자리한 산을 올려다봤다.

"밑으로 내려가면 분명 붙잡힐 거야. 저기로 가자."

"산으로? 나까지 업고 가기엔 무리야."

"방법이 없어. 가야만 해. 원, 도와줘."

제로는 투의 말을 무시하며 빠르게 걸어갔다. 원이 부랴부랴 뒤따르며 뒤를 받쳤다. 산의 초입을 지나며 제로는 아래를 내려다봤다. 발아래 깔린 볼품없는 집들 사이로 검은 정장을 입은 사내들이 먹이를 향해 다가가는 개미 떼처럼 걸어가고 있었다.

***

"제로. 조금 쉬었다 가자."

한 시간 가까이 산길을 걸었을 때 투가 말했다. 땀에 다 젖은 웃옷도 웃옷이었지만, 금방이라도 터질 듯한 심장 소리와 근육이 내지르는 비명에 투는 제로가 멀쩡한 상태가 아님을 알았다.

"안 돼. 그 사람들한테 잡히면 어떡해."

"쫓아오는 소리가 안 들려. 이대로 가다가는 네가 나한테 업혀야 할 판이야."

제로는 나무에 몸을 기대며 가쁜 숨을 내쉬었다. 투의 말대로 온종일 돌아다닌 탓에 몸 상태가 말이 아니었다. 이러다 쓰러지기라도 하면 큰일이었다.

"그래. 조금만 쉬었다 가자."

제로는 묶어뒀던 옷가지를 풀어 투를 근처 넓적한 바위에 내려놓고는 그 옆에 쓰러지듯 몸을 누였다.

"답답해 죽는 줄 알았네."

원도 제로를 따라 몸을 가리던 꺼풀을 벗어던졌다. 아직 해가 아슬하게 걸쳐 있었지만, 울창한 나무들이 충분히 볕을 가려 줬다. 원은 선선한 바람이 땀을 훑자 기분이 좋은지 팔을 활짝 벌려 바람을 만끽했고, 투는 업혀 오는 동안 한결 몸이 괜찮아졌는지 이리저리 몸을 풀었다.

"야, 제로. 너희 친엄마는 뭐 하는 분이셔?"

"……떡볶이 가게를 하더라."

제로는 잠시 뜸을 들이다 답했다.

"진짜? 그럼 우리 떡볶이 마음껏 먹을 수 있겠네! 완전 짱이다!"

"근데 너희 엄마가 우릴 받아줄까?"

걱정 없이 방방 뛰어다니는 원과 달리 투는 여전히 걱정을 떨치지 못한 듯했다.

"……너희뿐만이 아냐. 나도 어떻게 될지 몰라. 그저 마더가 엄마를 찾아가라고 했고, 무언가 준비를 해뒀다기에 갈 뿐이야."

그 마음은 제로도 마찬가지였다. 아무리 생각해 봐도 친엄마는 도움을 주기는커녕 제 앞가림도 하기 어려울 듯했다. 제로는 지금이라도 방향을 틀어 김 사장을 찾아갈까 생각했지만, 그 역시 모두를 받아줄지는 미지수였다.

"그럼 마더는 우리 부모님을 알고 있었다는 거네? 근데 왜 하필 제로 엄마한테 가라고 한 걸까. 우리 집도 있고, 투네 집도 있을 텐데."

"……나도 잘 모르겠어."

원과 투의 부모님. 제로는 그들을 알고 있었다. 자영의 정보 파일에서 자신의 부모님에 대한 정보와 함께 두 사람의 정보도 읽었기 때문이다. 그 파일에서 원의 부모는 아이를 낳기 위해 입

국했던 중국인들이었고, 투의 부모는 가끔 TV에 나올 정도로 부유한 사람들이었는데, 원의 부모님은 소재를 파악할 수 없고, 투의 부모님은 만나 봤지만 그런 아이는 모른다며 철저히 부정했다고 적혀 있었다. 그리고 자신의 부모는 도저히 아이에 관해 이야기를 꺼낼 수 없는 상황이라 접근하지 못했다고 적혀 있었고 말이다. 그럼에도 가장 가능성이 있었던 건 자신의 엄마였던 모양이다. 제로는 괜스레 짜증이 일어 머리를 벅벅 긁었다.

"이제 출발하자. 원, 벗은 거 다시 입어. 투, 이리 와."

"됐어. 이제 나 혼자서도 움직일 수 있어."

투는 다가오는 제로의 등을 짜증스레 밀쳤다. 그는 많은 부분을 남에게 의지해선지, 어쩔 수 없는 경우를 제외하고는 손을 빌리는 걸 싫어했다. 확실히 투는 여전히 불편해 보이긴 했지만, 걷는 데는 문제가 없어 보였다. 제로는 곧은 나뭇가지 하나를 주워 투에게 건넨 다음 앞장서 걸어갔다.

얼마 지나지 않아 가파른 산길이 아닌 완만한 산길이 나왔고, 저 멀리 산책로로 내려가는 이정표가 보였다. 제로는 한결 마음이 편해졌다. 사람들이 많은 등산로 초입까지만 가면 자신들을 쫓는 이들도 큰일을 벌이기는 어려울 거였다.

"잠깐, 누가 이쪽으로 오는데?"

그때 뒤처져 걷던 투가 아이들을 불러세웠다.

"우리를 쫓는 사람들?"

"······아닌 것 같아. 한 명인데?"

투가 아래쪽을 바라보며 몸을 곧추세웠다. 곧 아이들의 눈에 저 멀리서 걸어오는 사람이 보였다. 연회색 등산복을 입고 갈색 등산화를 신은, 누가 봐도 등산객으로 보이는 모습에 아이들은 긴장을 풀었다. 남자는 몇 발짝이면 닿을 정도로 금세 가까워졌다.

"아이고, 이 더운 날 등산을 다 오고. 물도 없이 괜찮니?"

남자가 환히 웃으며 먼저 인사했다. 아무리 많이 쳐줘도 30대 중반 정도로 보이는, 멀끔한 남자였다.

"안녕하세요."

제로는 오지랖이 많은 사람이구나 생각하며 남자를 지나쳤고, 원과 투도 어색하게 고개를 까닥이며 남자를 지나쳤다, 아니, 지나치려 했다.

"잠깐만."

남자가 별안간 셋을 불러세웠다.

"왜 그러세요."

"학생들 혹시 어느 쪽에서 온 건지 알 수 있을까? 내가 이 산은 초행이라 길이 헷갈리네."

남자는 머리를 긁적이며 사람 좋은 웃음을 지었다.

"산봉 고등학교에서 왔는데요."

제로는 아까 지나쳤던 표지판의 지역을 대충 둘러댔다.

"아, 산봉 고등학교. 거기로 가려면 어디로 가야 하니?"

"쭉 올라가셔서 오른쪽 길로 가시면 돼요."

제로는 점점 남자가 거슬렸다. 길을 물었고, 길을 알려줬음에도 그는 고맙다거나 알려 준 길로 가지 않고 계속 서 있었기 때문이다. 이야기를 나누면 나눌수록 마음속 어딘가가 불편해졌다.

"왜 그러세요?"

"아니, 참 잘 둘러댄다 싶어서. 얼굴색 하나 안 바뀌고 말이야."

무슨 말이지? 환한 웃음과 함께 던지는 남자의 칭찬이 정말 칭찬이 아님은 금방 알 수 있었다. 제로는 신경이 곤두섰다. 그리고 그 순간, 코끝에 익숙한 향이 맴돌았다. 남자의 향수 냄새. 향수와 그리 인연은 없었지만, 분명 최근 어디선가 맡아 본 냄새였다. 제로는 빠르게 기억을 더듬었고, 곧 그 냄새를 어디서 맡았는지 깨달았다.

세온 의료단지에서 자영에게서 나던 그 냄새였다. 피 냄새와 뒤섞여 나던, 평소 향수를 쓰지 않던 자영에게서 나던 그 냄새.

"원! 투를 데리고 도망쳐!"

제로는 곧장 남자에게 달려들었다. 원은 잠시 주저하다가 이내 투를 데리고 달아났다.

"용기가 가상하네."

남자는 달려드는 제로를 보며 가소롭다는 듯 몸을 틀어 공격을 피했다. 그리고 그대로 스틱을 치켜들고는 제로의 명치에 찔러넣었다.

"당신, 누구야?"

가까스로 스틱의 끝을 붙잡은 제로가 벌개진 얼굴로 물었다.

"자기소개 시간이야? 근데 어른한테 묻기 전에 네 소개부터 먼저 해야지. 자영이가 교육을 못 시켰나 봐?"

남자, 아니, 윤철은 이기죽거리며 제로의 말을 받아쳤다.

"마더를……, 함부로 말하지 마!"

"왜? 고인 능욕이라서? 아, 죽은 건 모르려나. 하하."

재미난 이야기 하나 알려 준다는 듯 낄낄거리는 모습에 제로의 눈에 불길이 일었다. 옅게나마 가지고 있던 자영에 대한 간절한 기대가 산산이 부서졌다.

"으아아!"

제로는 온 힘을 다해 스틱을 뿌리친 다음 곧장 어깨로 윤철을 들이받았다.

"어딜!"

그는 그대로 고꾸라졌지만, 뒤로 넘어지면서 생긴 반동으로 자연스럽게 제로를 끌어당기더니 너무나도 쉽게 날려 버렸다. 물 흐르듯 이어진 반격에 볼썽사납게 비탈길로 굴러떨어진 제로는 한참을 굴러 커다란 나무등치에 머리를 찧고서야 겨우 멈췄다.

"어린놈이 겁도 없이, 뭐 싫진 않다만."

윤철은 떨어진 스틱을 집어 들고 우산처럼 빙빙 돌리며 비탈

길을 내려왔다. 그리고 널브러진 제로의 머리를 잡아 올렸다. 제로는 머리를 부딪힌 충격에 기절했는지 축 늘어져 있었다. 그는 제로의 얼굴을 살피다가 휴대전화를 꺼내려 주머니에 손을 집어넣었다.

"악!"

그 순간, 기절한 줄만 알았던 제로가 흙을 집어 그대로 윤철을 향해 뿌렸다. 예상치 못한 공격에 윤철이 눈을 가리며 뒤로 물러서자, 제로는 틈을 놓치지 않고 바닥에 떨어진 스틱을 들어 얼굴을 찔렀다.

"이 새끼가!"

스틱이 윤철의 눈두덩이를 스치며 피를 흩뿌렸다. 제로는 모래와 피 때문에 그가 눈을 뜨지 못하는 사이, 재빨리 몸을 돌려 달아났다. 겨뤄보고 알았다. 윤철은 일대일로 맞붙기에는 버거운 상대였다. 지금은 일단 물러날 때였다. 제로는 원과 투가 무사하기를 바라며 있는 힘껏 산비탈을 내달렸다.

"거기서!"

윤철이 한쪽 눈만 겨우 뜬 채 거칠게 달려왔다. 그 모습이 꼭 언젠가 책에서 본 야차 같았다.

"헉……, 헉!"

혼신의 힘을 다해 달아났지만, 뒤에서 쫓아오는 소리는 시시각각 가까워졌다. 그러다 결국 윤철이 손을 뻗으며 닿을 만한 거리까지 쫓아왔다는 느낌이 들었을 때, 제로는 죽기 아니면 까무러치기라는 생각으로 그대로 몸을 던졌다.

"제로! 저기예요!"

"이봐요!"

저 멀리서 익숙한 목소리와 함께 여러 명의 사람들이 우르르 뛰어오는 소리가 들렸다. 고개를 드니 일고여덟 명의 어른들을 이끌며 다가오는 원과 투가 보였다. 어른들은 제로의 상태를 살피며 뒤에 선 윤철을 향해 험악하게 소리 질렀다.

"……칫."

윤철은 빠르게 상황을 파악하고는 그대로 달아났다. 젊은 남자 몇몇이 윤철을 쫓았다.

"제로, 괜찮아?"

"……어떻게 된 거야?"

제로는 원의 부축을 받아 몸을 일으키며 물었다.

"내려가니까 산악회에서 온 어른들이 많더라고. 그래서 어떤 사람이 친구를 때리고 납치하려 하고 있다고, 도와달라고 했어."

"뭐? 우릴 쫓던 사람들이면 어쩌려고!"

"우리도 그 정도 눈치는 있어. 그리고 그 말보다 고맙다는 말이 먼저 아냐?"

인상을 찌푸리며 소리 지르는 제로에게 기분이 상했는지 투가 따라 인상을 썼다.

"아, 응⋯⋯."

제로는 머쓱함에 머리를 긁적였다. 투의 말이 맞았다. 덕분에 자신이 살 수 있었다. 만약 어른들이 오지 않았다면⋯⋯. 야차 같은 윤철의 모습을 떠올리자 다시금 팔에 오소소 소름이 돋았다. 어느 정도 머리가 굵어진 뒤로 그렇게 속수무책으로 당한 적은 처음이었다.

"땡큐⋯⋯."

제로의 머쓱한 사과에 투도 인상을 풀고 부축을 도왔다. 제로는 정신을 차리고 주위를 살폈다. 약간의 사고가 있긴 했지만, 자신의 목적지였던 이촌동 공원에 도착한 듯했다. 제로는 윤철이 뒤쫓기 전에 그곳을 벗어나려 다급히 몸을 움직였다.

"애! 너 어디 가니?"

"그렇게 다쳐서 어딜 가려고."

그러나 어른들 때문에 그러기가 쉽지 않았다. 제로는 당혹스러웠다. 덕분에 살았으니 감사하긴 했지만, 언제나처럼 선행을 베풀었다는 만족감을 채운 다음에는 신경도 안 쓸 줄 알았는데, 어른들이 진심으로 걱정하는 듯한 모습이 생경했다.

"어휴, 얼마나 못살게 굴었으면, 꼴이 말이 아니구나."

제로는 곧 산에서 괴한에게 당할 뻔했던 상황이 자신들을 거지나 부랑자가 아닌 조난 당한 아이로 보이게 한다는 사실과 그렇기에 지금 달아나야 한다는 사실을 깨달았다.

지금은 착한 가면을 쓰고 있지만, 그들이 드러내고 싶어 하는 선함이 충족되면 금세 독특한 행색을 한 허름한 아이들이 어디서 왔고, 왜 그런 일을 겪었는지를 궁금해할 게 뻔했다.

"그래. 경찰이랑 구급차도 불렀어. 많이 다친 거 같은데."

"정말요? 고맙습니다. 그럼 경찰들이 올 동안 잠깐 화장실 좀 쓸게요."

제로의 감사 인사에 어른들의 얼굴에 뿌듯함이 스쳤다. 몇몇은 화장실까지 같이 따라가 줄까 묻기도 했지만, 제로는 손사래치며 원과 투를 데리고 화장실로 향했다. 그리고 자기네들끼리 선행해 흐뭇해하며 관심을 거두는 순간, 재빨리 그곳을 벗어났다.

2장
DISTANT

6

소이는 요즘 운이 좋았다. 오랫동안 바랐던 일들이 하나씩 해결됐기 때문이다. 먼저 얼마 전 그토록 바라던 세온 재단 장학생으로 선발됐고, 어제부터 짜증 나는 계부도 집에 들어오지 않았다. 덕분에 소이는 이번 여름 방학이면 재단의 지원으로 단기 어학연수를 떠날 수 있었고, 당분간 괜찮은 척 연기하는 엄마를 보지 않아도 됐다.

그러나 잇따른 행운에도 소이는 썩 기분이 좋지 않았다. 가장 중요한 건 여전히 해결되지 않은 채로 남아 있었기 때문이다. 여느 또래처럼 공부 때문은 아니었다. 소이는 타고난 머리로 늘 일등을 도맡았으니까.

소이를 괴롭히는 건 바로 가난이었다.

만일 학교에서 부유하고 화목한 가정으로 등수를 매긴다면 분명 자신이 꼴찌가 될 거라고, 소이는 확신했다. 특별한 일이 없는 한 이 상황은 성인이 돼 직장을 얻어 돈을 벌 때까지 변하지 않을 거다. 어쩌면 그렇게 돼도 변하지 않을지 몰랐다. 아무리 장학금을 타 좋은 대학을 졸업하고 좋은 직장에 취직하더라도 이미 날 때부터 능력 있는 부모, 비싼 차, 화목한 가정을 가지고 태어난 아이들은 시작점 자체가 그때의 자신보다 앞서 있을 테니까.

"여러분. 저도 가난하게 태어났습니다. 제 부모님은 소위 무능력한 부모였습니다."

소이는 요즘 들어 박성호 박사가 강연에서 한 말이 자주 떠올랐다.

"제가 원해서 그렇게 태어났나요? 아닙니다. 그렇다면 제가 남들보다 능력이 없어서 가난했던 걸까요? 그것도 아닙니다. 그저 신의 뜻대로 그렇게 태어났을 뿐이었습니다. 나는 나를 그렇게 세상에 내던진 신을 이겨보고 싶었습니다. 그게 제가 의학자가 된 가장 큰 이유입니다. 여러분. 이 세상에 절대라는 건 없습니다. 세온 장학재단의 장학생으로 뽑힌 여러분도 운명을 뛰어넘을 수 있습니다. 제가, 세온이 여러분 뒤에 있을 테니까요."

그날, 장학생들에게 강연을 하는 박성호 박사의 얼굴엔 자신감이 넘쳤다. 눈부셨다. 소이도 언젠가 그처럼 강당에 오르고 싶었다. 그리고 말하고 싶었다. 망할 신 따위 내가 이겨버렸어.

"소이야. 학원 가기 전에 간식 먹고 가렴."

기껏 기분이 좋아지려 했는데, 자신을 현실로 되돌리는 목소리에 소이는 짜증스레 가방을 챙겼다.

"이거 먹고 가."

주방에서 나오는 엄마의 손에는 토스트와 우유가 놓여 있었다.

"됐어. 배불러."

"점심 먹은 지가 언젠데. 학원 마칠 때까지 아무것도 안 먹으면 배고파. 조금이라도 먹고 가."

소이는 엄마를 쏘아봤다. 티 없이 맑고 선한 얼굴. 이런 삶을 살면서 어떻게 저럴 수 있을까. 소이는 이따금 엄마가 이해되지 않았다. 자신이 생각하기에 선함은 가진 자의 특권이었다.

소이는 몇 년 전 가장 친한 친구를 왕따시킨 적이 있었다. 길을 걷다가 킥보드를 타는 아이와 부딪혀 휴대전화를 떨어뜨린 적이 있었는데, 당장 물어내라고 화를 내는 자신에게 그 친구가 이렇게 말했기 때문이다.

그깟 스마트폰이야 다시 사면 되지, 애한테 너무한 거 아냐?

분명히 피해를 본 건 자신인데, 친구는 우는 아이를 달래며 오히려 소이를 나쁜 사람으로 몰았다. 얼마나 어렵게 산 건지도 모르면서. 소이는 그 이후 교묘하게 주변 아이들을 조종해 친구를 왕따로 만들었다. 친구의 얼굴에 그늘이 깃들었지만, 소이는 아무런 죄책감도 느끼지 못했다. 그때 알았다. 가지지 못한 자들이 베푸는 건 선함이 아닌 미련이었다.

바로 엄마처럼.

"엄마. 병원 일은 왜 그만뒀어?"

"어?"

"나 태어나기 전에 간호사였다며."

"우리 예쁜 딸 낳으려고 그만뒀지."

소이는 차라리 자신이 태어나지 않았으면, 자신이 없었다면 어쩌면 엄마가 지금보다는 나은 삶을 살지 않았을까 싶었다. 병원을 그만두고 쓰레기 같은 계부를 만나 분식집을 하며 생계를 유지하는 게 아니라, 병원에서 일하며 마음씨 좋은 의사를 만나 행복하게 살지 않았을까. 그 집의 착하고 예쁜 딸은 자신과 달리 이 미련함을 선함으로 받아들이지 않았을까. 얼굴 가득 고생을 덧칠하지만 않았으면 엄마가 세상에서 제일 예쁜데.

"……차라리 낳지를 말지."

이 말을 하고 싶었던 게 아닌데, 소이는 혀를 차며 잰걸음으로 집을 나섰다.

"……."

한때 장명은이라 적힌 명찰을 단 간호사였고, 또 한때는 사랑하는 남편의 아내였지만, 지금은 소이의 엄마이자 소이 떡볶이의 주인아줌마인 명은은 뛰어가는 딸의 뒷모습을 멍하니 바라봤다. 그리고 쓸쓸하게 토스트가 든 쟁반을 내려놨다. 딸아이가 저런 생각을 하게 만든 게 다 제 탓인 듯했다. 한 번도 소이를 낳은 걸 후회하지 않았다. 그러나 그 말을 당당히 내뱉기에는 자신의 처지가 너무 비참했다. 이런 상황에서 그런 말을 한들 딸이 믿어줄까.

명은은 코를 훌쩍이며 쟁반을 들었다. 이럴 때일수록 열심히 살아야 했다. 자신은 지금 더없이 행복하고, 우리는 잘 살 수 있다고. 백번 말하기보다는 보여 줘야 했다. 한 푼이라도 더 벌어 소이의 앞길에 조금이라도 도움을 줘야 했다. 명은은 주방으로 들어가 앞치마를 매고 망가진 가스레인지에 가스 점화기를 가져다 댔다.

인생처럼 망가진 가스레인지에 불꽃이 튀었다.

육수를 넣은 떡볶이 판이 달궈지길 기다리며 TV를 켰다. TV에는 요즘 유행하는 트로트 가수 오디션 프로그램이 나오고 있었다. 명은은 구성진 노랫가락을 흥얼거리며 보글보글 끓기 시작한 판에 양념장을 풀어 넣었다. 한창 간호사로 일할 땐 이런 노래를 뭣 하러 듣나 싶었는데, 어른도 나이가 들수록 자라는 모양이었다. 명은은 판에 숭덩숭덩 썰어놓은 야채와 떡을 부은 다음 등받이 없는 의자에 앉아 양념이 졸아들길 기다렸다.

'그 아이…….'

창 너머 빈 벤치를 바라보며, 명은은 자신을 도와줬던 아이를 떠올렸다. 소이와 비슷한 또래로 보이던 그 아이는 근처에서 본 적 없는 아이였다. 그러나 아이는 자신을 아는 눈치였다. 명은은 그게 퍽 당황스러웠다. 그러고 보면 요즘 그녀에게 부쩍 당황스러운 일이 많았다. 명은은 앞치마에 꼬깃꼬깃 넣어 뒀던 서류를 꺼내 다시 한번 읽었다.

의뢰자(1) **장명은**과 *의뢰자(2)* **한제로**는 *99.9993% 친자 관계가 맞음을 반영하는 근거를 제공함.*

몇 번을 읽어도 이해할 수 없는 내용이었다. 장명은은 자신이 맞지만, 한제로는 누군데 자신의 아이란 말인가. 자신의 아이는 딸 소이뿐이었다. 거기다 명은은 이런 검사를 한 적도 없었다. 그녀는 서류가 들어 있었던 봉투를 자세히 살펴봤다. 보내는 사람에 대한 정보는 하나 없이 세온 병원의 옛 로고만이 찍혀 있었다. 세온 병원. 그곳은 명은에게 특별한 의미를 지닌 곳이었다.

명은과 남편은 오랫동안 아이를 갖지 않았다. 불임은 아니었다. 두 사람이 임신해 아이를 낳는다면 높은 확률로 기형아가 태어날 수 있다는 병원의 소견 때문이었다. 첫 아이를 임신했을 때, 부부는 자신들의 아이가 신경관 결손 장애를 가지지 않고 태어날 확률이 고작 20%에 불과하다는 말을 들었다. 부부는 어찌할 바를 몰랐다. 욕심으로 아이의 삶을 불행하게 만드는 도박을 걸고 싶지 않았지만, 그대로 아이를 보낼 자신도 없었으니까.

그래서 명은은 관련 분야에 능통하다는 의사를 찾아 전국 각지의 병원을 찾아다녔고, 건강한 아이를 낳게 한다는 민간요법과 미신을 닥치는 대로 따랐다. 확률을 바꿔보고 싶었다. 다행히 노력은 차도를 보이는 듯했고, 어느 용하다는 무당은 명은의 사주에 건강한 아기가 둘이니 걱정 말라고 했다. 잠시나마 희망에 부푼 시간이었다.

그러나 그런 행동이 오히려 아이를 괴롭힌 걸까, 아이는 반년을 채우지 못하고 하늘의 천사가 됐다. 종이에 쉽게 쓴 사주는 쉽게 지워졌다. 어른들은 지나친 참견과 우려로 명은을 질책했고, 병원 동료들은 안타까워하면서도 일손이 줄어들지 않은 데 기뻐했다.

"건강한 아이를 낳을 수 있도록 도와준다는데, 연결해 줄까요?"

그런 제안이 온 건 바로 그즈음이었다.

응급실에서 나름 친하게 지내던 한 의사가 난임 쪽으로 저명한 박성호라는 박사가 유전병 발현 가능성을 가진 아이의 유전형질을 변형해 건강하게 만드는 연구 결과를 발표했다며, 임상 실험 대상자를 비밀리에 모집하고 있다고 알려줬다.

명은은 눈이 번뜩였다. 당시 폐경을 앞두고 있던 그녀에게 그 제안은 신이 자신을 불쌍히 여겨 내려 준 마지막 기회로 여겨졌다. 남편은 전과 같은 일이 벌어질까 망설였지만, 명은은 무조건 하겠다고, 어떤 부작용이 있어도 상관없다며 그 즉시 비밀 유지

계약서에 사인했다.

그때부터 명은은 연구팀에서 준비한 센터에서 홀로 생활하며 주기적으로 검사를 받고, 주사를 맞았다. 간호사 일은 실험에 방해가 된다는 이유로 그만뒀다. 제법 나이가 있던 그녀로서는 복직이 어려울지도 몰랐지만, 아이만 무사히, 건강하게 낳을 수 있다면 그따위 건 하나도 중요하지 않았다.

얼마간의 기대와 수많은 걱정이 섞인 시간이 흘렀다. 연구원들의 표정이 안 좋을 때마다 불안에 시달렸고, 몇몇 산모는 그 불안은 견디지 못하고 실험을 포기했지만, 명은은 포기하지 않았다. 자신에게는 이번이 마지막 기회였으니까.

그러던 어느 날, 마침내 산모 중 한 명이 무사히 건강한 아이를 출산했다는 소식이 들려왔다. 기나긴 기다림의 결실이 마침내 맺힌 거였다.

"수면마취 안 할 수 없나요? 아이를 바로 안아보고 싶어요."

자신의 차례가 돌아왔을 때, 아이와 만나는 순간을 고스란히 느끼고 싶었던 명은은 자신을 담당하던 의사에게 수면마취 없이 아이를 낳겠다고 말했다.

"안 됩니다. 위험……할 수도 있어요."

그러나 의사는 절대로 안 된다고 못 박았다. 자신과 비슷한 나이 대의, 열 달간 자신을 돌보면서도 한 번도 웃지 않았던 의사. 그녀는 처음으로 얼굴에 감정 비슷한 걸 드러냈지만, 아이를 만난다는 설렘과 긴장으로 가득했던 명은은 그때 그 감정을 대수롭지 않게 여겼다.

"응애, 응애!"

"소이야…… 엄마야."

마침내 제 품에 아이를 안았을 때, 명은은 세상을 다 얻은 듯했다. 아이는 앙증맞고, 예뻤다. 작은 얼굴에 남편과 자신의 얼굴이 오밀조밀하게 박혀 있었다. 아직 눈도 펴지 못하는 쭈글이라도 엄마는 다 알았다.

그리고 무엇보다, 건강했다. 부모의 유전적 결함으로 인해 발생할 수 있었던 어떤 유전 질환도 갖지 않았다. 명은은 한참을 울었다. 한 번의 꼼지락거림에 그간의 힘듦도, 설움도, 시간도 다 보상받았다. 이제 행복한 미래만이 남았으리라 여겼다. 얼른 남편의 품으로 돌아가 아이를 안기고 그간 고생했다며, 앞으로 행복하게 살자고 말하고 싶었다. 그랬는데…….

"저 여자가 실험에 참여했던 새댁이라며?"

"정말? 그럼 저 애가……, 저렇게만 봐선 못 알아보겠는데."

"무슨 괴물로 변하는 거 아냐? 영화에서처럼?"

세상의 반응은 생각보다 격렬했다. 박성호 박사의 업적이 전 세계적으로 엄청난 반응을 불러일으킨 건 알았다. 명은 자신부터가 수많은 카메라와 기자들 앞에 섰으니까. 그녀가 미처 예상치 못했던 건 그 반응이 박사와 연구만이 아니라 산모와 아이들에게까지 미친다는 거였다.

어딜 가나 실험에 대해 수군거렸고, 누군가는 전화를 해 당신 자식은 몇 년밖에 살지 못할 거라거나, 병을 옮기는 돌연변이가 아니냐는 말을 했다. 심지어는 집에 찾아와 아이를 보여달라고 하는 정신 나간 사람까지 있었다. 그리고 하필이면 그즈음, 실험에 참여했던 산모 중 한 명의 참여 이유가 혈액질환을 가진 첫째를 위한 스페어로써 건강한 둘째를 낳으려 했다는 사실이 밝혀지면서 산모들에 대한 비난과 관심, 공격이 더더욱 심해졌다.

다행히 얼마 지나지 않아 그 일은 병원 측과 다른 산모의 잘못이 아닌, 그저 그 사실을 숨기고 실험에 참여한 부부의 잘못이라는 병원의 발표와 그 모든 걸 감안하고서라도 칭송할 수밖에 없는 박성호 박사의 업적 덕분에 언론의 비난은 줄어들었지만, 이미 알고 있는, 그리고 뒤틀린 생각을 가진 사람들까지는 어쩌지 못했다. 위협적인 행동과 끊임없이 퍼져 나가는 음모론에 명은은 소이를 위한 결단을 내려야겠다고 생각했다.

그래서 어느 날, 아무에게도 알리지 않고 야반도주를 했다. 그리고 아는 사람 하나 없는 경기도 산봉시의 변두리 시골 마을에 정착해 낯선 농사일을 하며 딸 소이를 키웠다. 다행히 시간이 흐르면서 사람들의 관심은 점점 옅어졌고, 가족도 차츰 안정을 찾았다.

그렇게 시간이 흘러 지금까지 왔다. 시간이 흐르는 동안 남편은 병으로 갑작스럽게 세상을 떠났고, 자신은 작은 땅을 팔고 여기저기 떠돌다 쓰레기 같은 남자를 만났고, 소이를 키우려 돈을 그러모아 분식집을 냈다. 우여곡절 많은 세월이었지만, 행복했다. 그토록 바라던 작은 행복이 무럭무럭 자라 학교에도 들어가고, 일등을 하며 자신의 자랑거리가 됐으니까.

그런데 해묵은 과거가 왜 다시금 나타나 행복한 일상을 흔드는 걸까. 명은은 손에 쥔 서류를 살짝 구겼다. 그녀는 지금껏 세온과 관련된 모든 걸 멀리했다. 마음 같아서는 소이가 세온 재단의 장학금을 받는 것도 거절하고 싶었을 정도로. 그런데…….

"……아줌마!"

"어, 어서 오세……, 응?"

별안간 자신을 부르는 소리에 명은은 다급히 앞치마에 서류를 쑤셔 박았다. 그리고 고개를 들었을 때, 서 있는 사람을 보고 또 한 번 놀랐다.

"너는……."

명은을 도와줬던 아이, 제로였다.

"아줌마, 저……, 누군지 아세요?"

제로는 쭈뼛거리며 인사했다. 공원 화장실에서 몸을 씻고, 급한 대로 의류 수거함에서 쓸 만한 옷을 꺼내 갈아입었지만, 그 어느 때보다 어떻게 보일지 걱정이었다.

"마더가 여기로 가라고 했어요. 아줌마가 제 엄마라면서요."

"마더? 도대체, 그게 무슨 말이야? 그게 누군데."

"이름은 김자영이고요. 의사고, 아마 세온 의료단지 연구원으로 일하셨을 거예요."

세온, 또다시 세온이다. 가슴이 철렁했다. 도대체 지금 무슨 일이 일어나는 걸까, 명은이 상황을 파악할 새도 없이 제로가 재차 그녀의 가슴에 쐐기를 꽂았다.

"그리고, 제 이름은……, 제로예요."

"제로, 한제로?"

이름을 들은 명은의 눈이 커졌다. 한제로. 방금까지 자신이 보던 서류의 그 이름 아닌가.

"마더가 이쪽으로 오면 도움을 받을 수 있을 거라고 했어요. 저 좀 도와주세요. 지금 상황이 많이 안 좋아요."

"나, 나는 널 몰라. 애초에 나는 아들을 낳은 적도 없는데 무슨 말이야."

명은은 지금 상황이 단단히 잘못돼 가고 있음을 느꼈다. 커다란 창이 두 사람을 나누고 있음에도 그녀는 제로가 당장 자신에게 달려들 듯 겁을 집어먹었다.

"정말 모르세요? 마더는 분명……."

"모른다고 했잖아!"

제로는 말을 멈췄다. 쉽게 상황이 풀릴 거라 기대하진 않았지만, 그럼에도 명은의 태도는 어딘가 이상했다. 마치 자신이 그녀를 괴롭히던 남자가 된 듯해 기분이 나빠졌다.

"너 도대체 누구니, 혹시 이게 다 네가 꾸민 일이야? 그때 그 일도 그 남자랑 짠 거니? 나한테 접근하려고?"

명은은 떡볶이를 휘젓던 국자로 제로를 위협했다. 더는 눈앞의 아이가 아이로 보이지 않았다. 그저 자신을 끈질기게 쫓아다니는 잊고 싶은 과거로 보였다.

"아뇨, 무슨……."

"가까이 오지 마! 경찰에 신고할 거야. 저쪽으로 더 가면 경찰서가 있어."

제로는 진정시키려 했지만, 명은은 급기야 전화기까지 들고 소리쳤다. 눈물이 가득한 커다란 눈망울이 겁에 질린 아이 같았다. 자신을 보고 있었지만, 자신을 보는 게 아니었다. 제로는 그 눈을 보고 더 이야기 나누기는 힘들 것 같다고 생각했다.

"아, 알겠어요. 이만 갈게요……."

제로가 한발 물러섰다. 그러나 명은은 아무리 제로가 뒷걸음질 쳐도 경계를 풀 줄 몰랐다. 제로는 결국 엉거주춤 몸을 돌려 길 건너로 뛰어갈 수밖에 없었다.

"휴……."

명은은 한참 뒤에야 전화기를 내려놓았다. 온몸에 힘을 준 탓에 다리가 덜덜 떨렸다. 겁이 났다. 간신히 지켜 오던 행복이 바람결에 흩어질 듯 흔들리는 기분이었다. 그새 졸아든 떡볶이에서 탄내가 나기 시작했다. 명은은 물을 부으려다가 그대로 판을 들어 안에 든 떡볶이를 모두 버렸다. 싱크대가 붉게 물들며 사방으로 핏물 같은 국물이 튀었다.

명은은 생각했다. 무슨 일이 있어도 자신의 아이를 지켜야 한다고.

***

"보여?"

"대충."

"닮았어?"

"좀 닮은 거 같기도."

"어디가?"

"콕 집어서 말할 수는 없지만 어쨌든."

"무슨 말을 하는 거 같아?"

"안 좋은데……."

제로가 명은과 이야기를 나누는 동안, 원과 투는 분식집에서 멀찍이 떨어진 공원 수풀에 숨어 그 둘을 지켜봤다. 눈을 감고 귀를 기울인 투의 표정이 시시각각 변했다.

"씨, 기분 이상하네."

눈을 뜬 투가 머리를 벅벅 긁으며 중얼거렸다.

"뭐가?"

"나는 솔직히 제로만 엄마를 만나는 게 좀 짜증 났거든?"

"근데?"

"근데 막상 저렇게 쫓겨나니까 더 짜증 나네."

"쫓겨났다고? 어, 투! 제로가 이쪽으로 와."

둘이 이야기를 나누는 사이 제로가 공원을 향해 걸어왔다. 축 늘어진 어깨만 봐도 상황이 어떻게 됐는지 짐작이 갔다.

"제로, 어떻게 됐어?"

제로는 말없이 고개를 저었다. 원과 투는 생각보다 더 어두운 모습에 덩달아 침울해졌다.

"이제 어디로 갈 거야?"

원이 애꿎은 바닥을 차며 물었다. 제로는 원과 투를 쳐다봤다. 이만큼 힘든 하루가 처음일 둘은 몹시 피곤해 보였다. 자신들을 뒤쫓는 사람들이 어디쯤 왔는지, 명은이 거절한 지금 누구에게 도움을 구할지는 알 수 없었지만, 당장 무엇을 해야 할지는 분명히 알 수 있었다.

"오늘은 너무 늦었어, 일단 좀 쉬자."

"어디서?"

"모텔."

원과 투가 동시에 눈을 마주쳤다.

"거기 우리가 갈 수 있어?"

"어른들만 가는 데 아냐?"

"다 방법이 있어. 대신 조금만 더 걷자."

앞장서 걸으며 제로는 품속의 봉투를 만졌다. 갈수록 봉투가 얇아지고 있었지만, 그렇다고 무작정 아낄 순 없었다.

제로는 친구들을 번화가 끝자락에 자리한 모텔로 안내했다. 모텔은 낡고 허름해 딱 봐도 손님이 없을 듯했다. 제로는 낯선 번화가에 주눅이 든 원과 투에게 걱정하지 말라 웃어 보인 뒤 모텔의 문을 열어젖혔다.

"세 명, 숙박이요."

"……."

카운터에 당당히 돈을 내밀자 안에서 할머니가 고개를 쭉 내밀더니 아이들을 살폈다. 당장이라도 자신들을 혼낼 듯한 요괴 같은 모습에 원과 투가 침을 꿀꺽 삼켰다. 한참 얼굴을 살피던 할머니는 제로를 노려봤다.

"세 명이면 만 원 더 내."

순순히 만 원을 건네자 할머니는 닳아빠진 열쇠 하나를 내밀었다.

"3층으로 올라가."

"고맙습니다."

제로는 열쇠를 받아 들고 재빨리 계단을 올랐다. 이 모텔의 주인 할머니는 돈만 주면 미성년자도 받아준다는 소문이 거리에 자자했다. 좋은 일은 아니었지만, 지금 같은 상황에서는 선행이나 다름없었다.

"침대다!"

원이 침대를 보자마자 신이 나 방방 뛰었다. 투는 한계에 달한 듯 그 옆에 미동도 없이 누웠다. 허름한 모텔의 좁은 방, 삐걱거리는 침대가 좋을 리도 없건만 셋에겐 그것만으로도 감지덕지했다.

"너희들은 씻고 있어, 난 먹을 거랑 필요한 것 좀 사 올게."

제로는 둘을 쉬게 두고 혼자 모텔을 나섰다. 챙긴다고 챙겼는데, 워낙 급히 도망친 탓에 여전히 필요한 게 많았다. 제로는 근처 저렴한 생활용품점을 찾아 깨끗한 옷과 속옷, 작은 가방과 선크림 등을 사고, 옆 마트에서 떨이로 파는 바나나와 과자, 음료수, 사탕, 초콜릿까지 산 뒤 다시 모텔로 돌아갔다. 걸어가는 내내 혹시 누군가 뒤쫓아 올까 주변을 살피는 것도 잊지 않았다.

"왔어?"

문을 열자 기절하듯 잠들어 있던 원과 투가 졸린 눈을 비비며 반겼다. 둘은 오랜만에 따뜻한 물로 샤워를 해선지 기분이 좋아보였다. 몸에서도 늘 맡던 냄새가 아닌 좋은 향기가 났다. 셋은 제로가 사 온 것들을 풀어놓고 조촐한 저녁 식사를 했다.

"그런데, 제로. 이제는 말해줘야 하지 않냐?"

투가 바나나를 한 입 베어 물며 물었다.

"그래. 나중에 다 말해준다고 했잖아."

"도대체 무슨 일이 있었던 건데? 마더는……, 어떻게 된 거고."

제로는 원과 투를 쳐다봤다. 투의 말처럼 둘은 지금까지 일어난 일을 모두 알 필요가 있었다.

"그게……."

제로는 마시던 컵을 내려놓고 잠깐 주저하다가 천천히 입을 열었다. 자영을 찾아간 일, 거기서 자영을 만나 들렸던 이야기, 달아나던 중 울렸던 총성과 자신을 쫓던 남자들……. 그리고 이 일과 연결된, 자신이 서류를 훔쳐보며 알게 된 것과 여러 일을 겪으며 짐작하게 된 것들까지 모조리 알려 줬다.

"……그리고 마더가 말하길, 우리는 돌연변이래. 원래라면 그대로 죽을 운명이었는데, 마더가 몰래 우리를 데려와 키운 거야. 그래서 출생신고도 안 하고 골방에서 키운 거고. 만약 살아 있다는 게 알려지면 죽이러 올 게 뻔하니까. 근데 마더가 있던 연구소 사람들이 어쩌다 그 사실을 알게 됐고, 마더는 그 사람들한테서 우릴 지키다가…… ."

"마더가 살아 있을 수도 있잖아, 네가 직접 본 게 아니라며."

투가 희망이 생긴 얼굴로 말했다. 아무래도 자영이 죽었다는 말을 믿고 싶지 않은 듯했다.

"산에서 만난 그 남자가 확실히 말했어. 마더가 죽었다고. 그 사람이 거짓말할 이유는 없잖아."

원이 코를 훌쩍이며 눈물을 닦았다.

"아무튼 그때 마더가 해 준 말 때문에 친엄마를 찾아간 건데, 무슨 문제가 생긴 건지 마더의 말처럼은 안 됐어."

"어떡하지, 우리……."

"……."

과자를 먹으며 흥겨웠던 분위기가 언제 그랬냐는 듯 가라앉았다.

"뭐, 어떻게든 되겠지. 걱정하지 마. 조금 어려워지긴 했지만 몇 가지 생각해 둔 게 있어. 일단 다들 힘들 테니까 오늘은 이만 자자."

제로는 어두워진 분위기를 환기하려 일부러 더 밝은 척 행동했다. 그리고 둘에게 정리를 맡긴 뒤 씻고 오겠다며 급히 수건을 챙겨 화장실로 들어갔다.

쏴아.

엉망인 옷을 벗고, 뜨거운 물에 몸을 씻으니 살 것 같았다. 그러나 그것도 잠시, 제로는 물이 땀과 이물질을 씻어낼수록 갑작스레 어깨에 지워진 짐들의 무게를 실감했다.

제로는 떨어지는 물 아래 오래도록 서 있었다.

7

셋은 퇴실 시간을 끝까지 채우고서야 모텔을 나왔다. 낡은 모텔에서의 하룻밤이었지만, 따뜻한 물에 기분 좋게 씻고 새 옷까지 걸친 덕분에 아이들의 상태는 훨씬 좋아 보였다.

"맞다, 원, 이거 써."

제로는 모텔 정문을 나서기 전 선글라스를 챙기는 원에게 어제 생활용품점에서 산 물안경을 건넸다.

"이게 뭐야?"

"선글라스는 벗겨지니까. 이것도 눈을 보호해 줄 거야."

"저게 뭐냐. 수영하러 가는 것도 아니고."

"우와, 고마워!"

투는 콧방귀를 뀌었지만, 정작 원은 마음에 드는지 전신거울을 앞에서 물안경을 벗었다 썼다 하며 즐거워했다. 제로는 다음으로 초콜릿과 사탕이 든 작은 가방을 투에게 내밀었다.

"그거 메고 다니면서 어지러울 때마다 하나씩 꺼내먹어."

"어……. 고맙다. 너도 먹어."

방금까지 원을 놀리다가 받은 선물이 머쓱했는지, 투는 어색하게 가방을 받아들며 안에 든 사탕 몇 개를 건넸다. 제로는 피식 웃으며 사탕을 받아 들고 모텔 문을 열었다.

"오늘은 어디로 갈 거야?"

"김 사장님한테. 좀만 걸어가면 고물상 근처로 가는 버스가 있어."

김 사장이 셋을 받아줄지는 확신할 수 없었지만, 적어도 아예 못 본 척하지는 않으리라 믿었다. 최소한 며칠 정도 버틸 돈을 가불할 수 있을지도 몰랐다. 제로는 아이들을 데리고 근처 버스 정류장으로 향했다.

"배고파. 우리 뭐 좀 먹으면 안 돼?"

버스를 기다리면서, 원이 칭얼거렸다. 그러고 보니 시간이 딱 점심시간이었다. 그러나 봉투에는 이제 얼마간의 돈밖에 남아 있지 않았다.

"아침에 과자 먹었잖아."

"야, 그건 간식이지!"

투는 제로의 마음을 눈치챘는지 칭얼거리는 원을 때렸지만, 그러거나 말거나 원은 아우성쳤다.

"너희들 배고파?"

갑작스러운 목소리에 셋의 고개가 돌아갔다. 언제 왔는지 아이들의 옆에 한 학생이 서 있었다. 근처를 지나다니면서 몇 번인가 본 교복, 가슴께에 달린 노란색 명찰에는 '한소이'라고 적혀 있었다.

"여기서 조금만 더 가면 우리 엄마 가게인데 뭐라도 먹고 갈래?"

"아니……."

꼬르륵.

제로가 거절하려는 순간 투의 배에서 천둥이 쳤다. 투는 황급히 배를 움켜잡았지만 붉게 타오르는 귀까지는 숨기지 못했다.

"가자. 엄마가 애들은 굶는 게 아니라고 했거든."

소이는 뭐라 대답할 새도 없이 가까이 있던 원을 잡아끌었다. 원은 그 손길을 따라 나풀거리듯 일어나며 애처로운 표정을 지었다.

"제로……."

"알았어. 그러자."

배고파하는 둘을 보며 제로는 차마 거절할 수가 없었다. 결국 못 이기는 척 소이를 따라갔다.

'이쪽은…….'

그러나 소이의 뒤를 따라갈수록 제로의 표정이 어두워졌다.

너무나도 익숙한 길이었기 때문이다.

"들어와. 엄마! 나 떡볶이 좀 해줘."

그럴 리 없다 되뇌었지만, 소이는 비웃기라도 하듯 소이 떡볶이의 문을 열었다. 왜 '소이 떡볶이'와 '소이'를 연결 짓지 못한 걸까. 원과 투는 신이 나선지, 아니면 어제와 다른 한낮이라 그런지 아직 눈치채지 못한 듯했다. 제로는 지금이라도 돌아가야 하나 고민했지만, 이왕 이렇게 된 거 한번만 더 말을 걸어 보자는 생각으로 그 뒤를 따랐다.

"소이……."

딸의 목소리에 쾌활히 고개를 들던 명은은 뒤따라 들어온 제로를 보고 굳어 버렸다 그녀의 얼굴에 핏기가 가시고, 두려움이 빈자리를 채웠다.

"너 내가 어제 분명히……."

"아녜요! 배가 고파서 왔어요. 어제부터 제대로 먹지를 못해서……."

제로가 재빨리 말을 가로막았다. 배고파요. 그 말에 명은의 눈동자가 흔들렸다. 그녀는 평소에도 배곯는 아이들을 그냥 넘기지 못했고, 소이에게도 혹시나 그런 아이들을 본다면 언제든 데려오라 말했다. 주뼛거리는 아이들을 보아 지금 상황도 소이가 이끈 듯했다.

'어떡하지…….'

마음 같아서는 제로를 내쫓고 싶었지만, 왠지 찝찝했다. 평소 행동과 반대되기도 했고, 또 한동안 어색하다가 오랜만에 말을 건넨 소이와 다시 서먹해질까도 걱정이었다.

"저, 돈은 있어요."

"됐어. 앉아 있어."

주머니에서 꺼내는 꼬깃꼬깃한 봉투를 본 순간, 명은은 결국 아이들을 자리에 앉혔다. 배고프다는 그 한마디가 왜 그리도 애처롭게 들린 걸까. 명은은 주책맞게 고이는 눈물을 훔치며 주방으로 들어갔다.

"앉아, 얘들아."

소이가 뒤늦게 명은을 알아보고 주뼛거리는 원과 투, 그리고 제로를 테이블로 끌어당겼다. 곧 주방에서 달군 냄비에 기름을 두르는 소리와 고소한 냄새가 풍겼다.

"와! 냄새 죽인다."

"너희 가출했어?"

소이가 볼썽사납게 코를 벌름거리는 원을 보며 재미있다는 듯 물었다. 처음에는 그저 아이들 핑계를 대며 어색해진 엄마와 화해하려 데려온 건데, 보면 볼수록 관심이 갔다.

"응."

제로는 자신과 달리 명은을 쏙 빼닮은 소이의 얼굴을 곁눈질했다. 이 아이와 자신이 남매라니, 기분이 묘했다.

"어디서 잤어? 공원? 아파트 계단?"

"모텔."

"모텔? 거기 어떻게 들어갔어?"

"제로가 해결했지."

원은 자기 자랑이라도 하는 듯 으쓱거렸다.

"제로? 이름이 제로야, 신기하다. 너희들은?"

"별명이야, 별명! 얘들은 산들이랑 수호."

제로는 순순히 이름을 밝히려는 원의 입을 틀어막았다. 쫓기는 마당에 여기저기 이름을 떠벌려서 좋을 게 없었다. 제로는 아무렇게나 이름을 대며 이상한 눈으로 바라보는 원과 투에게 눈짓했다.

"그래? 그럼 나도 제로라고 불러도 되지?"

"그……."

"뜨거워. 천천히 먹어."

어떻게 말해야 하나 곤란하던 차에 명은이 때마침 음식을 들고나왔다. 커다란 쟁반에는 먹음직스러운 계란죽과 깍두기가 담겨 있었다. 김이 모락모락 피어오르며 나는 고소한 냄새에 아이들의 목젖이 일렁였다.

"잘 먹겠습니다."

"어후, 어후. 맛있다!"

제일 먼저 죽에 달려든 건 원이었다. 요란하게 혀를 굴리며 죽을 삼키는 그의 코에서 맑은 콧물이 주르륵 흘렀다. 그 천진한 모습에 명은과 소이가 풋, 하고 웃음을 터뜨렸다. 제로도 조심스레 숟가락을 들었다.

"소이, 넌 잠깐 나 좀 봐."

"왜 그래?"

"너, 학교는 어떻게 하고 여기 있는 거야, 저 애들은 어떻게 알았고?"

셋이 계란죽에 온통 정신이 팔린 사이, 명은이 소이를 주방으로 잡아끌었다. 그리고 소리가 새어 나가지 않도록 조심하며 소이를 옥박질렀다. 허겁지겁 먹는 모습이 측은하긴 했지만, 제로는 여전히 그녀에게 경계의 대상이었다.

"아, 학교는 이따 장학재단 일 때문에 오전 수업만 하고 온다고 했잖아. 애들은 그냥 버스 정류장에서 배고파하고 있길래 데려온 거야. 엄마도 말했잖아. 어려운 애들 보이면 데려오라고."

소이는 평소와 다르게 날 선 엄마의 모습에 눈을 동그랗게 떴다.

"그건……."

"뭐 때문에 그런진 모르겠는데, 이따 얘기해."

소이는 또 명은과 다툴까 대화를 피하며 테이블로 돌아갔다.

"맛있지? 우리 엄마 음식 솜씨 하나는 진짜 끝내줘."

"너는 안 먹어?"

소이와 명은이 이야기를 나누는 잠깐 사이, 커다란 대접은 절반이나 줄어 있었다. 원은 머쓱했는지 소이에게 숟가락을 내밀었다.

"나는 안 먹어도 돼. 참. 나 해야 할 게 있는데, 아!"

소이는 무언가 떠오른 듯 가방에서 짐을 꺼내려다 그만 끈을 놓치고 말았다.

"에이……."

소이가 짜증을 내며 바닥에 쪼그려 앉았다. 제로는 그녀를 도우려 몸을 숙이고 물건을 주웠다.

"……."

그러다 문제집 아래에 떨어진 소이의 카드 지갑을 발견했다. 제로는 소이의 눈치를 살폈다. 그녀는 물건을 줍는 데 여념이 없었다. 제로는 잠깐 고민하다가 몰래 지갑을 숨겼다.

"자, 여기."

"고마워. 이따 제출해야 할 게 좀 있어서."

소이는 제로가 건네준 나머지 물건을 받아 다시 가방에 넣은 뒤, 두툼한 프린트 하나를 테이블 위에 올렸다.

"뭐야, 숙제야? 어려우면 제로한테 부탁해!"

소이가 펼쳐 든 프린트를 보며 원이 우물거렸다. 제로는 소이의 프린트를 훑어봤다. 프린트의 문제는 잠깐만 봐도 그 또래 아이들이 풀 문제가 아님을 알 수 있었다.

소이는 원의 말에 재밌다는 듯 깔깔거렸다.

"풋, 너 공부 잘해? 어느 학교 다니는데?"

"줘 봐."

자신을 비웃는 태도에 기분이 상한 제로가 숟가락을 내려놓으며 손을 내밀었다.

"그래."

소이는 어디 한번 보기라도 해 보라는 듯 프린터를 건넸다.

"첫 번째 문제, 답은 일."

"뭐? 하하하! 그래, 맞는지 보자."

보자마자 답을 말하는 제로를 보며 소이는 가볍게 망신을 줄 생각으로 답안지를 꺼내 들었다.

"삼, 오, 일, 오."

그러나 소이의 표정은 갈수록 굳어졌다. 문제를 훑으며 술술 뱉는 제로의 말은 모두 정답이었기 때문이다. 말도 안 되는 일이었다.

"이게 다야?"

제로는 마지막 문제까지 풀고는 별거 아니란 듯 프린트를 휙 던졌다.

"너 어떻게 풀었어?"

"말했지? 제로는 천재라니까."

믿을 수 없다는 소이의 물음에 원이 대신 대답했다.

"쉽던데. 학교 같은 거 안 다녀도 풀 만큼."

"……."

단무지를 씹으며 대수롭지 않게 말하는 제로를 보며 소이는 입술을 깨물었다.

"너희들 다 먹었으면 이만 가줄래? 가게 문 닫아야 해서."

"대낮에 무슨 문을 닫아."

가뜩이나 짜증이 나 있던 소이가 투덜거렸지만, 명은은 단호한 눈빛으로 제로를 쳐다봤다. 자신이 베풀 수 있는 호의는 딱 여기까지였다.

"지난번에 도와준 건 정말 고마워. 하지만 뭔가 오해가 있는 거 같아. 그러니까 우리 다시는 볼 일 없었으면 해."

"정말 아무것도 온 게 없어요? 짚이는 것도?"

흔들림 없는 제로의 눈빛에 명은은 친자 검사 결과보고서와 오래전 세온 병원에서 자신을 돌봐 줬던 담당 의사를 떠올렸지만, 이내 머릿속에서 지워 버렸다.

"그래, 없어."

제로는 그녀의 눈이 흔들리는 걸 알아챘지만 더 파고들지 않았다. 더 이상 매달리기는 너무나도 비참했다. 역시 자신은 잃어버린 아이가 아닌, 버려진 아이가 맞았다. 제로는 봉투에서 만 원짜리 한 장을 꺼내 테이블에 올려놓았다.

"됐어. 돈은……."

"공짜 밥 필요 없어요. 가자."

제로는 싸늘하게 쏘아붙이며 아이들과 가게를 나섰다.

"하필이면 온 게 여기냐."

어설픈 인사로 가게를 나오며, 투가 투덜거렸다. 원은 해맑은 표정을 지으며 제로의 등을 토닥였다.

"걱정하지 마. 우리가 언제 다른 사람 도움받으면서 살았냐. 갈 데 없으면 아까 쟤가 말한 대로 공원이나 아파트 계단에서 자지 뭐. 그렇지, 산들아?"

"그렇게 부르지 마. 소름 돋아."

투가 원의 나긋한 말투에 질색했다.

"왜 산들아. 너랑 다르게 아주 산뜻하고 좋은 이름인데."

"닥쳐. 수호."

"수호. 난 마음에 드는데?"

둘은 제로의 마음을 풀어주기라도 하려는 듯 일부러 더 티격태격했다. 그래, 달라지는 건 없었다. 어차피 가져본 적도 없는 엄마였다. 아쉬워할 필요 없었다.

"야, 잠깐만!"

그 순간, 한창 투덕거리던 투가 갑자기 정색하더니 원의 어깨를 짓눌렀다.

"뭐, 왜 그래?"

"시끄럽고, 빨리!"

원은 당황했지만 순순히 시키는 대로 했다. 제로도 따라 자세를 낮췄다. 셋은 어젯밤 숨어 있던 공원 수풀에 다시 몸을 숨기고 소이 떡볶이를 쳐다봤다. 곧 소이 떡볶이 앞에 멈춰 서는 차가 보였다. 차에서 내리는 사람을 보는 순간, 제로의 가슴은 더없이 쿵쾅거렸다.

윤철이었다.

***

"엄마, 왜 그래? 오늘따라 이상해."

평소 명은은 미련하리만큼 정이 많은 사람이었다. 가게도 어려우면서 돈이 없다는 학생들에게 공짜로 떡볶이를 퍼 줬고, 길거리에서 나물을 파는 할머니들을 보면 그냥 지나치지 못했다. 그런 모습이 마냥 좋게 보이진 않았지만, 그러지 않은 모습은 더 별로였다.

"아냐, 아무것도……."

명은은 대충 둘러대며 빈 그릇을 챙겼다. 소이는 주방으로 들어가는 뒷모습을 쳐다보다가 한숨을 내쉬며 테이블에 고개를 박았다. 눈앞에 아까 보던 프린트가 보였다. 소이는 프린트를 집어 들고 문제를 풀어 봤다. 그러나 아무리 빠르게 문제를 풀어도 제로를 이길 수 없었다.

"……."

탁, 소이는 짜증스레 펜을 내려놓았다. 자존심이 상했다. 자신보다 똑똑한 사람을 본 적이 없었다. 그게 자신의 큰 자랑이자 무기였다. 그런데 팔자 좋게 가출이나 하고 다니는 아이한테 지다니…….

"도착했습니다."

소이는 바깥에서 들리는 인기척에 고개를 들었다. 분식집과 어울리지 않는 고급 승용차와 거기서 내리는 젊은 남자가 보였다. 비싼 양복을 입은 남자를 보며 소이는 긴장했다. 혹시 계부가 또 어디서 빚을 진 걸까. 걱정과 분노가 치솟았다.

"누가 왔어?"

바깥에서 들리는 인기척에 명은이 주방에서 나왔다. 그러나 소이와 달리, 그녀는 가게 문을 열고 들어오는 낯선 남자를 보고는 활짝 웃었다.

"너 설마……, 윤철이?"

"누나."

두 사람은 누가 먼저랄 거 없이 서로를 끌어안았다. 소이는 고개를 갸웃거렸다. 엄마가 아는 사람 중에 저런 사람이 있던가.

"잘 지내셨어요?"

"이게 얼마 만이야!"

"8년……, 만인가요? 형 장례식장에서 뵌 이후로 못 봤으니까요."

"한국에는 언제 들어온 거야?"

"좀 됐어요. 바쁜 일이 있어서 이제야 찾아뵙네요."

"눈은 왜 그래? 어디 다쳤어?"

반갑게 인사를 나누던 명은이 윤철의 눈가를 가린 안대를 보고는 걱정스레 물었다. 그는 잠깐 표정이 굳었지만, 이내 별거 아니란 듯 눈을 가리며 둘러댔다.

"아, 미친개 한 마리가 달려드는 바람에 좀 긁혔어요."

"큰일 날 뻔했네. 파상풍 주사는 맞았고?"

"지금은 괜찮아요. 혼쭐내 주려던 개를 놓쳐서 조금 아쉽지만……. 누나는 잘 지내요?"

윤철은 상처에 닿은 말머리를 돌리며 가게를 둘러봤다. 천장이며 벽지, 가구 하나하나 낡고 초라하지 않은 게 없었다. 그의 시선이 이내 소이에게 닿았다. 이 낡은 공간에 어울리지 않은 유일한 아이.

"안녕?"

윤철이 손을 들어 인사했다. 소이는 경계를 늦추지 않으며 명은을 돌아봤다.

"엄마, 누구야?"

"참, 너는 기억 못 할 수도 있겠구나. 예전에 서홍리 살 때 옆집에 살던 오빠야. 이윤철. 아빠 장례식 때도 왔었는데, 기억 안

나니?"

소이는 윤철을 훑었다. 그러나 아무리 기억을 해 봐도 떠오르지 않았다.

"오빠는 무슨 오빠예요. 스무 살이나 차이 나는데 삼촌이죠."

윤철은 오빠라는 말에 머쓱해하며 소이의 머리를 쓰다듬었다. 소이는 그 낯선 손길이 그리 나쁘지 않아 가만히 머리를 맡겼다.

"마지막으로 봤을 땐 완전 아기였는데. 많이 컸네요."

"그렇지? 세월이 참 빨라."

윤철이 소이의 머리를 쓰다듬던 손을 거두었다.

"누나는 잘 지내셨죠?"

"뭐, 보다시피 이러고 살아."

"좋네요. 아늑하니."

명은은 머쓱하게 어깨를 으쓱했지만, 윤철은 아무렇지 않은 듯 웃었다. 동정과 거짓이 담기지 않은 웃음에 명은은 오랜만에 마음이 푸근해졌다.

"이제 완전히 들어온 거야?"

"네. 완전히 들어와서 세온 의료단지에 다니고 있어요."

"세온……, 의료단지?"

그러나 그 기분은 윤철의 입에서 나온 세온이란 단어에 흔적도 없이 사라졌다. 세온, 또 세온이었다. 지금껏 잘 피해 왔던 게 언제 이렇게 턱밑까지 들이닥친 걸까.

"정말이요?"

그런 엄마와 달리, 소이는 윤철의 말에 눈을 반짝였다.

"혹시 연구원으로 일하시는 거예요?"

"그런 셈이지."

"와, 정말요?"

소이는 어느새 경계심을 거두고 조잘조잘 떠들어 댔다. 평소와 달리 신이 난 딸의 모습에 명은은 걱정스러운 와중에도 웃음이 났다. 그런 모습을 보는 게 얼마 만인지 몰랐다. 명은은 불거지는 불안을 착각이라 생각하며 누그러뜨렸다.

"놀랐지, 우리 소이가 그쪽에 관심이 많아. 세온 재단 장학생이거든."

"그랬어요? 반갑다. 나도 세온 재단 장학생 출신이야."

그 말에 윤철이 신기하다는 듯 소이를 쳐다봤다.

"전공 분야가 뭐예요?"

"유전공학. 내 입으로 말하긴 부끄럽지만, 연구소 최연소 박사란다."

"와!"

윤철의 말에 소이가 놀라 입을 틀어막았다.

"관심 있어?"

"네. 이루고 싶은 꿈이 있거든요."

"뭔데?"

"……신을 이겨 먹는 거요."

"재밌는 생각이구나."

윤철이 흥미롭다는 듯 웃음을 터뜨렸다.

"윤철아, 네가 이해해. 소이가 좀 특이해."

"똑 부러지는 거죠. 누나를 닮았네요."

"평소에 나 닮았다는 말을 좀 많이 듣기는 해."

딸과 닮았다는 말에 기분 좋아 깔깔거리는 명은을 소이가 신기하게 쳐다봤다. 엄마도 저런 표정을 지을 줄 아는구나. 평소에도 이웃들과 잘 지내긴 하지만, 저렇게 스스럼없는 태도로 웃고 떠드는 모습은 처음 보는 모습이었다. 소이는 점점 윤철이 마음에 들었다.

"삼촌! 나중에 의료단지 견학시켜 줄 수 있어요?"

"얼마든지."

"전화번호 좀 알려 주세요."

소이는 이제 윤철을 자연스럽게 삼촌이라 불렀다.

"그래. 언제든지 연락해. 바빠서 바로 못 받을 때가 많긴 하겠지만."

윤철이 휴대전화를 받아 자신의 번호를 입력했다.

"그런데 누나."

"응?"

소이에게 휴대전화를 건네며 윤철이 명은을 쳐다봤다.

"혹시 나한테 혹시 할 말 없어요?"

"할 말?"

"네."

명은은 고개를 갸웃했다. 혹시 내가 잊은 게 있던가. 명은은 불현듯 김자영이란 사람에 대해 물어볼까 싶었다. 윤철이라면 믿을 만한 사람이었으니까.

"어, 없는데?"

"정말로요?"

그러나 그건 자신이 궁금한 거지 윤철이 궁금한 일은 아닐 거란 생각에 명은은 고개를 저었다.

"혹시 예전에 빌린 돈이라면……."

"아, 돈. 그 이야기라면 나중에 얘기해요."

"어? 어. 그래."

명은은 혹시 예전에 빌린 돈 때문인가 싶었지만 윤철은 돈 이야기가 나오자 시큰둥해하며 손을 내저었다.

"이만 가봐야겠어요. 오후에 또 일정이 있어서요."

"벌써 가? 커피라도 한 잔 마시고 가지."

"다음에요."

"잠깐만! 기다려 봐."

명은은 윤철을 그냥 보내기가 아쉬웠다. 서둘러 주방으로 들어간 그녀는 냉장고를 열고 과일 따위를 빠르게 담았다. 출출할 때 먹으라고 삶은 달걀 몇 알도 챙겼다.

"자, 이거라도 가져가."

"정말 괜찮은데……."

양손 한가득 음식을 챙겨 주방을 나온 명은에게 윤철은 한사코 손사래 쳤지만 소용이 없었다.

"반갑고 고마워서 그래. 그때 소이 아빠 죽었다고 미국에서 와 줬는데 제대로 인사도 못 했잖아. 돈도 그렇고. 여러모로 고마운 일이 많다."

"뭘요. 형이 돌아가셨는데 당연히 마지막 인사는 해야죠."

"어서 가 봐. 바쁘겠다."

"예, 갈게요."

명은은 윤철의 등을 두드리며 배웅했다. 그가 나오자 기다리던 운전사가 차의 뒷문을 깍듯이 열었다.

"……."

명은은 그 모습에 가슴이 뭉클했다. 그녀가 서흥리에 살던 시절, 부부는 이웃집에 살던 윤철을 소이의 오빠처럼 여겼다. 부모를 잃고 외할머니 손에 맡겨져 어렵게 살아감에도 희망을 잃지 않던 그가 대견했기 때문이다. 자기들 먹을 게 없더라도 윤철에게 꼭 함께 밥을 먹자고 했고, 얼마 없는 생활비에 허덕이면서도 참고서 살 돈을 몰래 주기도 하며 살뜰히 챙겼다. 그랬던 윤철이 저렇게 잘 자랐다니, 명은은 뿌듯함과 함께 소이도 언젠가 저렇게 성장해 자신을 찾아올 날을 떠올리며 기대에 부풀었다.

＊＊＊

"어디 이딴 걸 음식이라고."

윤철은 모퉁이를 돌자마자 음식을 창밖으로 던졌다. 과일과 달걀 등이 땅에 떨어지며 뒤따르던 바퀴에 곤죽이 됐다. 그는 안주머니에서 손수건을 꺼내 손을 꼼꼼히 닦고, 손수건마저 창밖으로 던져버린 뒤에야 기분이 풀린 듯 시트에 몸을 기댔다.

"휴……."

명은에게 세온 의료단지의 이야기를 꺼낸 건 일종의 떠보기였다. 제로에 대해 얼마나 알고 있는지 확인하기 위한 떠보기. 혹시 자영이 친모에게 아들을 보내지 않았을까 했는데, 명은의 태도와 분식집을 둘러봤을 때 그런 흔적은 없어 보였다.

'그 빌어먹을 사이비들만 아니었다면 진작 찾았을 텐데.'

윤철은 갑자기 의료단지에 쳐들어와 자신이 나서야 할 상황까지 만든 사이비를 떠올리며 혀를 찼다. 그들만 아니었어도 인악산에서 달아난 아이들을 금세 따라잡았을 터였다.

라헬이라는 여자를 중심으로 뭉친 사이비 종교인들은 의료단지 앞에 진을 치는 것도 모자라 연구진들을 공격하고, 여기저기서 시위를 벌이며, 자체적으로 세온에 관한 음모론을 떠들어 대는 신문까지 발간하고 있었다.

마음 같아서는 모조리 없애버리고 싶었지만, 그것도 종교라고, 전국에 신자들이 퍼진 종교가 한순간에 사라지면 더 큰 주목을 받게 될 거라는 박성호 박사의 말에 따르느라 때때로 이렇게 크게 품을 들여야 하는 상황이 발생하기도 했다.

"어쩔 수 없지, 뭐."

아이들을 놓친 건 아쉽지만, 지금은 사소한 잡음도 조심해야 하는 때였으니 소홀히 할 수 없었다.

"그나저나 제법이었지, 김자영이 제대로 키웠어."

윤철이 문득 떠오른 듯 안대를 만지며 킥킥거렸다. 자신을 다치게 한 건 용서할 수 없었지만, 그때 제로가 보여준 기지와 움직임은 정말 놀라웠다.

"그런 놈일수록 쫓는 맛이 있지."

윤철은 미소 지으며 잠시 눈을 감았다.

"저……, 박사님께 전화가 왔습니다."

"연결해."

박성호 박사의 전화란 말에 윤철이 용수철처럼 몸을 일으키며 옷매무시를 다듬었다.

"전화 받았습니다."

"윤철아."

"네, 박사님."

이윽고 자동차 스피커에서 부드럽고 인자한 목소리가 흘러 나왔다.

"방금 화상 회의에서 VIP들의 입국 날짜가 정해졌다. 파견 나 간 연구원들이 몸 상태를 확인하고 오케이 사인을 보냈거든."

"축하드립니다."

"고맙다. 참, 자영이는 어떻게 했니?"

"화장시켰습니다."

"……."

박성호 박사는 잠시 말이 없어졌다. 윤철은 그 잠깐의 침묵에 도 등 뒤에 식은땀이 흘렀다.

"안타깝구나. 말귀를 알아들을 줄 알았는데……, 뭐 어쩔 수 없지. 그래. 지금은 어디니?"

"자영이 숨겨 둔 아이들을 찾고 있습니다. 혹시 몰라 아이들 의 부모도 둘러보는 중인데 다들 모르는 눈치였습니다."

"부모라……, 그중에 네가 아는 사람도 있지?"

"그렇습니다. 장명은이라고 합니다."

"내게는 귀인이로구나. 너를 만나게 해 줬으니."

윤철은 조금 전 봤던 명은의 모습을 떠올렸다. 돌봐 줄 유일 한 가족인 할머니까지 돌아가신 뒤, 자신을 챙겨 주고 돌봐 준 이들이 바로 그녀와 그 남편이었다.

"그렇지만 혹시라도 문제가 생길 거 같으면……, 알지?"

"물론입니다."

감사한 마음은 있다. 그러나 그게 박성호 박사를 향한 충성심에 비하지는 못했다.

"윤철아, 지금까지처럼 우리에게, 그리고 우리의 연구에는 어떤 치부도 없어야 한다."

"걱정 마십시오. 지금까지 그랬듯 앞으로도 없을 겁니다."

윤철은 박성호 박사가 눈앞에 있기라도 한 듯 고개를 조아렸다. 자신을 향한 목소리는 여전히 인자했지만, 그는 머리 위에 커다란 손이 내리누르는 느낌이었다.

"그래, 믿는다."

숙인 고개를 들어 올리며, 윤철은 자영의 마지막을 떠올렸다. 세상에 다시 없을 위대한 업적을 이룰 기회를 눈앞에 두고도 그깟 정 때문에 비참한 최후를 맞은 여자. 이제 자영의 싸구려 정 때문에 그녀의 아이들은 결코 겪을 필요가 없었던 끔찍한 죽음을 겪게 될 거였다.

윤철은 머지않아 그 순간이 오면 자신의 신을 향해 기도할 예정이었다.

8

"한패였어?"

제로는 지금 상황이 도무지 이해되지 않았다. 자신들을 쫓던 윤철이 자신들을 도와줄 거라던 명은과 반갑게 인사를 나누는 이 상황이 말이다. 그래서 명은이 그토록 매몰차게 대한 걸까, 돈? 아니면 협박? 머릿속이 혼란스러웠다.

"뭐라는지 들려?"

"아니, 여긴 자동차도 많이 지나가고, 공사장도 가까워서 잘 안 들려."

투는 눈을 감고 연신 귀를 쫑긋거렸지만 토막토막 단어만 겨우 더듬거렸다.

"저 남자가 아줌마를 누나라고 불러. 남자 이름이……, 윤철인가 봐."

"그럼 저 남자가 아줌마 동생이야? 제로의 삼촌이고?"

"모르겠어. 진짜 가족은 아닌 거 같아."

"어쨌든 친한 사이인 건 확실하네."

제로는 초조한 마음으로 분식집을 주시했다. 얼마 지나지 않아 가게를 나서는 윤철과 그를 향해 환히 웃으며 손을 흔드는 명은이 보였다. 자신에게는 한 번도 보여 준 적 없는 모습에 제로는 방금 계란죽을 먹었음에도 속이 쓰라렸다.

"저 아줌마가 우리 얘기를 했을까?"

"그건 못 들었어. 근데 모르지. 문자로 했을 수도 있잖아."

원과 투가 떠들어대는 사이, 윤철은 차를 타고 나타났을 때와 마찬가지로 휙 하니 떠나갔다. 차가 저 멀리 사라지자마자 제로는 몸을 일으켰다. 무슨 이야기가 오갔는지는 알 수 없지만 한 가지는 분명했다. 더는 명은을 믿을 수 없었다.

"만일 얘기했다면 분명 이 근처를 샅샅이 살필 거야. 그 전에 달아나자."

"어떻게 달아나려고? 버스 정류장 같은 곳에 있다가는 금방 들키지 않을까."

"저 뒤쪽에 숨어 있어. 차 끌고 올게."

제로는 그 말만 남기고 어리둥절해하는 둘을 둔 채 가까운 오피스텔 촌으로 향했다. 다행히 거리를 돌아다닌 지 얼마 지나지 않아 자동차 비상등을 켜놓고 복권방으로 뛰어 들어가는 노인이 보였다. 제로는 주위를 살피며 조심스레 노인의 자동차로 뛰어갔다. 다행히 문도 열려 있었고, 열쇠도 꽂혀 있었다. 제로는 그대로 운전석에 올라타 아이들이 기다리는 골목으로 차를 몰았다.

"얘들아, 타!"

"제로?"

원과 투는 운전석에 앉은 제로의 모습에 헛웃음을 터뜨리며 차에 올라탔다.

"운전은 언제 배웠어?"

원이 조수석의 헤드에 몸을 바짝 당겨 붙이며 눈을 반짝였다.

"그냥, 아는 사람한테 배웠어."

제로는 몇 년 전, 잠시 양아치 무리와 어울린 적이 있었다. 그들은 지금까지 번 돈보다 훨씬 많은 돈을 벌게 해 주겠다며 제로를 꼬셨고, 돈이 필요했던 제로는 순순히 그들을 따랐다. 운전은 그들에게 배웠다. 쉬웠다. 시동을 걸고, 기어를 바꾸고, 페달을 밟고, 그게 전부였다.

"그나저나 그 고물상 할아버지한테 간다고 했지?"

"어."

"그 할아버지가 우릴 도와줄까? 친엄마도 안 도와주는데."

투의 얼굴에는 걱정이 가득했다. 아까 윤철의 등장에 한층 경계심이 강해진 모양이었다.

"다른 방법이 없어."

"또 개고생만 하는 거 아닌가 모르겠다."

"……."

한숨과 함께 지나가듯 뱉은 중얼거림에 제로는 몹시 기분이 상했다. 지금 누구보다 섭섭하고 충격을 받은 건 다름 아닌 자신이었다. 위로까진 바라지도 않았지만, 의욕마저 꺾는 말에 얼굴이 화끈 달아올랐다.

빠앙!

좌회전 신호를 받고 방향을 돌리던 차가 매섭게 경적을 울렸다. 제로가 그만 신호를 못 보고 직진을 한 것이다. 다행히 사고는 나지 않았지만, 갑작스럽게 핸들을 꺾은 탓에 뒤에 앉은 원과 투가 크게 휘청거렸다.

"야! 운전 좀 똑바로 해!"

"……."

"자신 없으면 지금이라도 택시 타. 괜히 우리까지 죽이지 말고."

뚝, 그 말에 제로의 속에서 무언가 끊어졌다.

"택시비는 뭐 저절로 나와? 너희들이 지금까지 먹고 잔 건 공짜인 줄 알아?"

"돈 좀 있다고 생색내냐?"

"생색이 아니라 사실이 그렇다는 거야."

목소리가 점점 커졌다. 평소 같으면 그냥 넘겼을 말도 지금은 도저히 참기 힘들었다.

"도둑질해서 돈 번 주제에."

투는 평소와 다른 제로의 모습에 당황했다. 그리고 그 당황스러움은 해서는 안 될 말까지 튀어 나가게 만들었다.

끼익!

"……뭐라고 했어?"

제로는 갓길에 차를 세우고 투를 노려봤다. 두 눈에 서운함과 실망, 그리고 분노가 뒤섞여 일렁거렸다.

"너만 지금 짜증 나? 친엄마 만나겠다는 장단에 종일 끌려다니면서 개고생한 우리도 짜증 나기는 마찬가지야."

"그래서 내가 잘못했다는 거야?"

투는 자신이 말실수를 했음을 알았지만, 한번 뱉은 나쁜 말이 자꾸만 속에 쌓인 것들을 끌어당겼다.

"너, 읍……."

"그만, 사탕이나 먹어."

그때, 잠자코 지켜보던 원이 두 사람의 입에 사탕을 집어넣었다. 막 튀어 나가려던 분노 가득한 말들은 사탕에 틀어막혀 쏙 들어가 버렸다.

"투, 너는 특히 더 먹어. 지금 당 떨어져서 상당히 예민해."

"야!"

황당함도 잠시, 투는 이내 사탕을 뱉으며 말을 가로막은 원에게 분노의 화살을 돌리려 했다.

"사탕 먹으라니까."

생글생글 웃던 원의 얼굴에 웃음이 걷혔다. 그 모습에 투는 거의 끝까지 당겼던 활시위를 잽싸게 원위치시켰다. 착하고 어리숙한 원이었지만, 한번 화가 나면 누구보다 무서웠다. 막말로 원이 난동을 부리면 당해낼 수 있는 사람은 아무도 없었다.

"둘 다 잘 들어. 우리 셋은 하나야. 그러니까 절대 서로를 다시 못 볼 말은 하지 말자. 알겠지?"

"……."

"대답해. 자동차 들어서 엎어 버리기 전에."

"으, 응."

"알았어."

원의 으름장에 제로와 투가 마지못해 고개를 끄덕였다. 원은 둘이 머쓱하게 사과까지 하는 모습까지 보고 나서야 다시 생글생글 웃기 시작했다.

"……."

다시 차를 몰아가며, 제로는 백미러로 원과 투를 살폈다. 투는 상황이 머쓱한지 헛기침을 하며 바깥만 바라보고 있었다. 원의 말이 맞았다. 지금 믿을 만한 건 서로뿐이었다. 한 명이라도 간절한 지금 유일한 아군끼리 싸우는 건 바보 같은 짓이었다. 제로는 치솟았던 감정을 추스르며 자신의 행동을 반성했다.

"여기야."

30여 분 정도 차를 몰자 저 멀리 익숙한 상가 건물이 보였다. 제로는 굽이진 골목을 돌고 돌아 안쪽 깊숙이 자리한 고물상 앞에 차를 세웠다. 그리고 자신만 먼저 차에서 내렸다.

"이게 다 무슨 일이냐. 쯧쯧."

폐지를 주워 온 할머니와 실랑이하던 김 사장은 제로를 보며 혀를 찼다.

"김 사장님."

"부르지 마, 이 녀석아. 이렇게 대책 없는 녀석인 줄은 몰랐구나. 차는 안 받는다. 특히 번호판 달린 차는!"

김 사장의 목소리는 쌀쌀맞았다. 그 역시 떳떳하지 못한 장물아비지만, 살기 위한 도둑질과 범죄는 그 죄질이 달랐다. 차를 훔치는 건 열다섯 꼬마가 저지를 만한 일이 아니었다.

"자동차 팔려고 온 거 아니에요."

제로는 차가운 태도에 살짝 주눅이 들었다.

"그럼?"

"……갈 곳이 없어서요."

"근데 왜 여기로 와? 여기가 쉼터냐? 김자영이한테나 가."

"죽었어요."

할머니에게서 받은 고물을 퉁명스레 치우던 손길이 멈췄다.

김 사장은 몸을 일으켜 제로를 쳐다봤다. 사람이 죽었다는 소리를 들었는데, 그의 얼굴은 태연했다. 아니, 태연하기보다는 이미 자영의 죽음을 짐작하고 있었다는 듯한 얼굴이었다.

"혹시 뭐 남긴 말은 없고?"

"누구한테요?"

"누구긴 누구야! 당연히 질문한 사람한테지."

제로는 별안간 보따리를 내놓으라는 듯이 옥박지르는 김 사장의 말에 당황했다. 자영이 무슨 약속이라도 한 걸까. 제로는 그녀와 나눴던 마지막 대화를 떠올려 봤지만, 아무리 생각해 봐도 김 사장과 관련된 말은 없었다.

"그런 건 딱히……."

"……증거 준다고 해서 기다렸는데. 쌍년."

"예, 무슨?"

김 사장은 욕을 뱉으며 발치의 고물을 발로 찼다. 단순한 짜증이 아닌 훨씬 더 깊고 무거운 감정이 느껴졌다. 그는 깊은 한숨을 내쉬며 제로를 쳐다봤다.

"너, 여기 다시는 오지 말아라."

"네? 잠시만요."

"그만, 더 할 말 없다. 귀찮게 하지 말고 가."

"뭐든 시키는 대로 할게요. 받아만 주세요."

제로는 간절히 매달렸다. 혼자라면 어떻게든 살 수 있었지만,

원과 투까지 데리고 살아가려면 어른의 도움이 필요했다. 아주 작은 도움이라도 간절했다.

"네가 뭘 할 수 있는데?"

"전에 밑에서 일 배우라고 하셨잖아요."

"그건 김자영이가 살아있을 때 이야기지."

통명스러운 사람이긴 했지만 이렇게까지 매정하지는 않았는데, 제로는 갑자기 변한 김 사장의 태도가 당혹스러웠다. 정말 자영 때문에 지금껏 잘해준 걸까. 제로는 아무리 생각해도 그런 것 같지는 않았다.

"며칠만이라도 안 될까요? 정말로 갈 데가 없어서 그래요."

"에휴……."

김 사장은 골치 아프다는 듯 자동차에서 자신을 쳐다보는 두 얼굴을 곁눈질했다. 지난번 본 이후로 훌쩍 자란 원과 투. 심란한 표정으로 둘을 보던 그는 이내 시선을 거두었다.

"너 혼자 온다면 생각해 보마."

"그건, 안 돼요."

제로는 무슨 일이 있어도 원과 투를 포기할 생각이 없었다. 아니, 애초에 그게 가능했다면 진작 혼자 행동했을 터였다. 세상엔 자신을 위해 가족을 포기하는 사람이 많았지만, 자신은 결코 그렇게 되고 싶지 않았다.

"그럼 나도 안 된다."

김 사장은 그럴 줄 알았다는 듯 이야기를 일축했다. 지나치게 모질다는 건 자신도 알고 있었다. 그러나 어설프게 행한 선행이 나중에 더 큰 화로 닥칠 수 있음을 잘 아는 그는, 자신이 평생 아이들을 책임질 게 아니라면 이편이 서로를 위한 최선이라 생각했다.

"그럼 돈이라도 빌려주면 안 될까요?"

제로는 아무리 이야기해도 소용없을 것 같자 차선의 부탁을 했다. 투의 말대로 이번에도 헛걸음을 하고야 말았으니 뭐라도 건져야 둘을 볼 면목이 생겼다.

"나한테 돈 맡겨 놨냐? 김자영이가 떼먹은 돈 갚으라고 안 하는 것만 해도 다행인 줄 알아!"

"제……."

"그만!"

평소와 다른 엄한 표정에 제로는 입을 꾹 닫았다.

"나는 돈 되는 건 뭐든지 받지만, 반대로 돈이 안 되는 건 절대 안 받아."

무심한 한 마디를 끝으로 김 사장은 몸을 돌렸다.

"……그동안 감사했어요."

제로는 그의 뒷모습에 겨우 그 한마디를 던질 수밖에 없었다.

***

"거 봐."

제로가 차에 타자마자 투가 투덜거렸지만, 아까처럼 힐난하는 투는 아니었다. 오히려 풀 죽은 제로에게 애초에 기대하지 않았다는, 그러니 실망할 필요 없다 말하는 서툰 위로였다.

"……"

제로는 말없이 운전석에서 눈을 감고만 있었다.

"이제 어떡하지?"

원의 물음에 제로는 감았던 눈을 떴다. 그리고 곧장 시동을 걸었다.

"일단 떠나자."

"어디로?"

제로는 활짝 웃으며 원과 투를 바라봤다. 그 잠깐 새 벌써 마음을 추슬렀는지 조금 전의 우울함은 흔적도 보이지 않았다.

"어디로든. 저쪽은 애들인 우리가 차를 몰고 다닐 거란 생각은 못 할 거야. 분명 이 근처에 포위망을 좁히겠지. 그렇게 생각할 동안 우리는 도망갈 만큼 도망가자. 대한민국에 우리 셋이 살 곳이 없겠어? 어른들한테 기대서 쉽게 해결하려고 한 게 잘못이었어. 가자! 지금까지처럼 우리 셋이서!"

그 말은 반은 진실이고, 반은 거짓이었다. 당장 여기서 도망쳐야 함은 의심할 나위 없었지만, 정말 상황이 순조롭게 해결되리라고는 생각지 않았다. 당장에 쓸 돈도 없었고, 무엇보다 투의 인슐린이 가장 문제였다. 아무런 연줄도 없는 곳에서 인슐린을 구하는 건 돈이 있어도 어려운 일이었다. 그러나 제로는 자신의 우울함을 둘에게 전염시키고 싶지 않았다. 둘의 걱정을 덜기 위해 제로는 더더욱 쾌활한 척했다.

"그래, 까짓것 아무도 못 찾는 산에 들어가 살면 되지! 나물도 캐고 멧돼지도 잡고."

"그러자. 골방보다는 시원하고 좋겠지. 계곡에 몸도 담그고."

원과 투도 장단을 맞췄다. 둘도 비슷한 생각을 했지만, 결국 언제나 그랬듯 서로를 믿고 함께 헤쳐 나갈 수밖에 없었다.

셋은 그렇게 산봉시를 벗어나 국도를 달렸다.

"하암……."

제로는 헤드라이트가 비추는 어두운 도로를 달렸다. 기름은 산봉시를 나오면서 가득 채운 덕분에 아직 여유가 있었다. 기름 값은 소이의 카드로 치렀다. 혹시 모를 정말 비상시에만 카드를 쓰자고 마음먹었는데, 지칠 대로 지친 탓인지 너무나도 쉽게 카드를 써 버렸다. 어쩌면 마음 깊숙이 엄마의 치마폭에서 어리광 부리는 소이를 향한 질투가 있었는지도 모른다.

"크어, 컥……."

처음 산봉시를 벗어날 때까지만 해도 드라이브를 하는 것처럼 신나 하던 원과 투는 피곤했는지 어느새 머리를 맞댄 채 잠들어 있었다. 모텔에서 쉬긴 했지만 어제 온종일 뛰어다녔던 피로가 여전히 남아 있는 모양이었다.

"하암……."

하지만 그건 제로도 마찬가지였다. 아니, 훨씬 더 심했다. 제로는 연신 하품을 하며 눈을 비볐다. 아이들이 말이라도 걸어주면 좋을 텐데, 지나다니는 차도 없으니 자꾸만 같은 길을 달리는 기분이 들었다. 헤드라이트가 비추는 잠깐의 길, 이대로 계속 이어질 것만 같은 길…….

"헉!"

시야가 멍해지다 아득하게 멀어지던 순간, 눈앞에 무언가 획 뛰어들었다. 반쯤 잠들어 있던 제로는 깜짝 놀라 핸들을 틀었다.

"으아악!"

차가 급격히 튼 핸들을 따라 크게 꺾였다. 뒤늦게 차를 통제하려 했지만 이미 제 마음대로 움직이는 바퀴를 제어하기는 어려웠다. 뒤에서 원과 투의 비명이 들렸다. 거인이 자동차를 잡고 빙빙 돌리기라도 하는 듯 차가 제멋대로 어지러이 돌았다.

쾅!

차는 도로 가득 스키드 마키를 남기다 도로를 넘어 나무에 부딪히고 나서야 기나긴 회전을 멈췄다.

"……."

제로는 뒤집힌 세상에서 간신히 정신을 차렸다. 지독한 통증이 온몸에 고였다. 몽둥이 수십 개로 얻어맞은 느낌이었다. 몸을 일으키려 했지만, 잘 움직여지지 않아 간신히 고개만 들어 주위를 살폈다.

"워, 원⋯⋯."

제로는 머리 위에 있는 원을 발견하고 애처롭게 불렀다. 분명 뒤에서 자고 있었을 텐데, 차가 충돌하면서 앞으로 튀어나온 모양이었다. 안전띠를 매지 않았던 원은 많이 다쳤는지 피를 뚝뚝 흘리고 있었다. 마더가 죽으면서까지 지키려 했던 목숨, 그게 지금 자신의 실수 한 번으로 부질없이 스러지고 있었다.

"살려, 주세요. 살⋯⋯."

제로는 제발 누군가가 들어 주길 바라며 있는 힘을 다해 외쳤지만, 충격 때문인지 목소리가 꿈속에서 팔다리를 휘젓듯 잘 나오지 않았다. 필사적으로 숨을 뱉었지만, 그런 간절함이 무색하게 별안간 어둠이 그의 눈을 가리고, 입을 막았다.

***

끼익.

헤드라이트 없이 캄캄한 도로를 달리던 차 한 대가 멈춰 섰다. 차에서 내린 사람들은 주위를 살피며 스키드마크를 따라 숲속으로 다가갔다.

"살려, 살려 주세요……."

얼마 지나지 않아 나무에 부딪혀 뒤집힌 차가 보였다. 차 안에서 폐를 쥐어 짜내는 듯한 애처로운 목소리가 들렸다. 목소리는 점차 잦아들더니 이내 어둠 속으로 바스러졌다.

"어떻게 할까요?"

차에서 내린 사람 중 하나가 옆을 쳐다보며 말했다. 달빛에 겨우 실루엣만 보이는, 긴 머리를 지닌 여성의 그림자는 잠시 고민하는 듯하더니 이내 환한 미소를 지었다.

"신이 도우셨네요. 그놈들이 찾아오기 전에 빨리 움직이죠."

9

제로.

마더?

별안간 들린 음성에 제로는 고개를 들었다. 저 멀리서 자신을 부르 손짓하는 자영이 보였다. 그녀의 뒤로는 커다란 후광이 비치고 있었고, 원과 투는 반갑다는 듯 자영을 향해 달려가고 있었다. 둘은 그대로 눈 부신 빛으로 들어가 사라졌고, 자영도 이내 몸을 돌리고 그 빛 속으로 사라지려 했다.

잠깐만요, 마더! 원, 투! 나만 두고 가지 마!

제로는 다급히 뒤쫓아 갔다. 그래, 이 모든 게 꿈이었어. 마더가 죽었을 리 없어. 그러나 희망을 부수듯 가까이 다가가서 본 자영의 얼굴엔 커다란 구멍이 뚫려 있었다. 총알이 뚫고 지나간 구멍, 뒤통수가 절반이나 날아가 있었다. 자영은 고개를 돌려 괴

기스러운 웃음을 터뜨렸다.

이렇게 될 줄 알고 있었지?

미안해요. 정말 미안해요.

자영이 반쯤 썩어 들어간 구멍에 손가락을 집어넣으며 낄낄거렸다. 제로는 눈물을 흘리며 사과했다. 사실 도망치고 싶지 않았다고, 구하지 못해 미안하다고. 그 말에 자영은 웃음을 거두고 입을 벌렸다. 동굴처럼 커다래진 입 속에는 자영과 같은 꼴이 된 원과 투가 제로를 바라보며 낄낄거리고 있었다.

제로.

"으아악!"

제로가 비명을 지르며 몸을 일으켰다. 그리고 순간 이는 어지러움에 몸을 비틀거렸다.

"여긴……."

제로는 몸을 가누며 상황을 파악하려 애썼다. 자신이 처음 보는 방에 있었다. 유일한 특색이라고는 벽에 걸린 커다란 십자가가 전부인 평범한 방. 누가 구해 준 걸까. 몸을 이리저리 움직여 보니 조금 욱신거리긴 했지만 다행히 부서진 곳은 없는 듯했다. 제로는 몸을 추스르며 조심스레 방을 나섰다.

"일어났어?"

방문을 열고 나오니 식탁에 앉아 있던 원이 벌떡 일어나 다가왔다. 원은 머리에 붕대를 감고 있었지만, 다행히 크게 다치지 않은 듯했다. 무언가를 먹고 있었는지 입가에 국물 자국이 볼썽사납게 남아 있었다.

"걱정했잖아! 평소에 잘난 척은 다 하면서 왜 이렇게 늦게 일어났어!"

"원, 괜찮아?"

제로는 자신을 끌어안는 팔힘에 온몸이 욱신거렸지만, 그런 통증도 반가웠다.

"어떻게 된 거야, 투는 괜찮아? 여긴 어디고."

"어휴, 하나하나 물어봐! 투도 괜찮아. 그리고 여긴 공소라는 곳이래."

"공소(公所)?"

"일어났군요. 제로군?"

원의 뒤로 앞치마를 두른 한 여자가 뒤따라 나왔다. 허리까지 오는 긴 머리를 곱게 땋은 그녀는 제로에게 환한 미소를 지었다. 제로는 그녀를 어딘가에서 본 듯했지만, 어디서 봤는지 도무지 떠오르지 않았다. 여자는 속마음을 눈치챘는지 장난스럽게 입을 열었다.

"아직도 미스터리 동아리 활동을 하고 있나요?"

"어?"

제로는 그 말에 한 사람이 퍼뜩 떠올랐다. 세온 의료단지에서 자신을 붙잡았던 여자. 그러나 그때 봤던 그 여자와 지금 눈앞에 있는 사람이 같은 사람이라고는 도저히 믿을 수 없었다. 어딘가 음침했던 그때와 달리 지금 눈앞에 있는 여자는 당당했고, 아름다웠다.

"맞아요. 우리 단지 앞에서 이미 만났었죠."

"맞다. 제로, 라헬하고 이미 만났던 사이라며?"

"라헬?"

"맞아요, 원 군. 참 신이 인도하시는 인연이란 신기하죠? 그런 데서 제로 군을 만날 줄이야. 크게 다치지 않아 다행이에요."

둘 사이에 오가는 이야기를 종합해 보면 이 라헬이란 여자가 사고가 난 곳을 지나다 자신을 발견했고, 여기까지 데려와 치료해 준 모양이었다. 참 우연치곤 기가 막힌 인연이었다. 우연치곤.

그런 인연이 있을 확률이 얼마나 있을까.

잠깐이나마 안심됐던 마음에 또다시 날이 섰다. 그런 일은 불가능했다. 의도하지 않은 이상 말이다.

"투는 어디에 있어?"

"투는 미카엘이랑 아침 산책 중입니다. 미카엘을 잘 따르더라고요."

제로의 물음에 라헬이 다가와 대답했다. 그녀는 따스하게 웃으며 제로의 팔에 손을 올렸지만, 제로는 순간 의료단지에서 느꼈던 것과 같은 소름에 거칠게 팔을 뿌리쳤다.

"미안해요, 기분 나빴나요?"

"제로, 너 왜 그래?"

원이 거친 행동에 놀라 둘 사이를 가로막았다. 당황한 기색이 역력했다. 제로는 말없이 원을 끌어당기며 라헬을 노려봤다.

"구해준 건 고맙지만, 이제 다시 볼 일 없었으면 좋겠습니다. '어떤 인연과 우연'이 있더라도요."

제로는 마지막 말을 씹어뱉듯이 강조했다.

"원, 빨리 짐 챙겨."

"어딜 가려고. 우리 갈 데도 없잖아."

"......"

제로는 멈칫했다. 원의 말대로였다. 여기를 벗어나야 하는 건 분명했지만, 정작 갈 곳이 없었다. 당장 이곳이 어딘지도 몰랐고, 차가 사라진 지금 아이들과 걸어서 어디까지 갈 수 있을지 걱정도 됐다. 하지만 그렇다고 여기 있을 수도 없는 노릇이었다. 라헬이라는 저 여자가 너무나도 수상했으니까. 윤철과는 조금 달랐지만, 모종의 이유로 자신을 노리고 있다는 느낌이 강하게 들었다.

"그래도 가야 해, 빨리 짐 챙겨. 투는 내가 데려올 테니까."

"자, 잠깐만. 그럼 저거라도 먹고 가자."

원이 절박하게 주방을 가리켰다. 식탁에는 방금까지 원이 먹고 있었던 듯한 음식들이 차려져 있었다.

"그래요, 가실 때 가더라도 식사는 하고 가세요. 저희는 제로

군을 막지 않아요. 언제든 가고 싶을 때 가실 수 있어요."

라헬은 선량한 얼굴로 재차 권유했다. 원의 눈빛은 더없이 간절했다. 어제 계란죽 하나 먹은 게 전부였으니 배가 많이 고프리라. 맛있는 음식 냄새가 코끝을 스쳤다. 음식을 먹은 원이 별 탈 없는 걸 보면 약을 탄 것 같지도 않았다.

"……"

제로는 창문 너머로 산책 중이라는 투를 찾았다. 저 멀리 낯선 남자와 함께 정원을 거니는 투가 보였다. 자세히 보이지 않았지만 웃는 듯 보였고, 곁에 있는 남자는 덩치가 크긴 했지만 그리 위험해 보이지 않았다.

"투도 다친 곳 없어. 아까 라헬이 주사도 놔 줬고."

"주사를 놔 줬다고?"

원이 걱정 말라는 투로 말했지만, 그 말은 오히려 누그러지던 경계심을 키웠다. 제로는 급히 방으로 되돌아가 가방을 살폈다. 역시나 인슐린 주사기가 들어 있던 케이스가 보이지 않았다.

"인슐린이라면 여기 있어요."

등 뒤로 드리워진 그림자에 제로가 퍼뜩 뒤를 돌아봤다. 인슐린이 든 케이스를 쥔 라헬이 미안하다는 듯 케이스를 내밀었다.

"허락도 없이 가방을 뒤져 미안해요. 투 군이 힘들어 보이기도 했고, 원 군이 알려줘서 제가 대신 투약했어요."

"이리 주세요!"

제로는 라헬의 손에 들린 인슐린을 달려들어 빼앗았다.

"꺅!"

거친 행동에 라헬이 중심을 잃고 쓰러졌다.

"제로, 뭐 하는 짓이야!"

라헬을 감싸 안은 원이 믿을 수 없다는 얼굴로 제로를 올려다봤다.

"왜 그래, 제로. 이 사람들은 좋은 사람들이야."

원이 애원했지만, 제로는 이 모든 상황이 함정 같았다. 이토록 쉽게 남을 믿는 두 사람이 이해가 가지 않았다.

"너희가 몰라서 그래. 절대 아니야. 지금 속고 있는 거라고!"

"또 우리만 몰라?"

옆을 보니 언제 들어왔는지 투가 미카엘이라는 남자와 서 있었다. 투의 눈에는 당혹스러움과 난처함, 그리고 약간의 원망과 분노가 담겨 있었다.

"아니에요, 여러분. 제가 놀라서 그런 거지 제로 군은 아무런 잘못이 없어요."

라헬이 험악해지는 상황을 중재했다. 옅게 몸을 떠는 그녀를 걱정하는 원, 투와 달리 제로는 그 모습이 가식적으로 느껴졌다.

"네가 걱정이 많은 건 알겠는데, 이 사람들에게까지 그럴 필요 없어."

"뭘 믿고?"

날 서린 제로의 말에 투가 깊은 한숨을 내쉬었다.

"하……, 이분들도 그 이윤철이란 사람을 피해 다니고 있대. 세온 의료단지의 잘못을 모두가 알 수 있게 파헤치고도 있고. 우리도 그러다 알게 된 거래. 혹시 도움이 필요할까 싶어 찾아다니다 사고가 난 우리를 발견한 거야."

"제로 군. 들었는지 모르지만 저는 미카엘이라고 합니다. 낯선 우리를 쉽게 믿을 수 없겠지만, 우리는 신의 뜻을 거스르려는 사람들을 막으려 모인 사람들이지, 제로 군이 적이 아니에요.

"우린 누구도 필요 없어요."

제로는 그들이 선량한 눈 뒤에 무언가 감추고 있음을 느꼈다. 그게 무엇인지까지는 알 수 없었지만, 어쨌든 이들을 믿을 수 없는 건 확실했다. 제로는 미카엘의 말을 단칼에 자르며 원의 팔을 잡아끌었다.

"……원?"

그러나 원은 움직이지 않고 오히려 제로를 끌어당겼다.

"제로, 잠깐만."

원은 라헬과 미카엘에게 양해를 구하고는 제로를 한쪽으로 데리고 갔다.

"너희들 도대체 왜 이러는 거야?"

제로는 항상 투덜거리긴 해도 결국에는 자신의 의견을 따라주던 둘이 이렇게까지 거부를 표하자 꽤 당황스러웠다.

"제로, 상황이 다르잖아. 이 사람들은 우릴 받아 주려고 해. 네가 쓰러진 사이 많은 이야기를 나눴어. 나쁜 사람들이 아냐."

"그래. 우리가 마더의 원수도 갚을 수 있도록 도와줄 거래."

"……"

제로는 간절히 설득하는 둘의 모습에 마음이 약해졌다.

"우리 갈 데도 없고, 살아남을 방법도 없잖아. 너라면 모를까, 나나 원이 마더와 네 도움 없이 어떻게 살아가겠어."

특히 투는 정말 절실해 보였다. 평소처럼 틱틱거리며 제로의 말을 트집 잡지도 않았다.

"지금까지 고마웠어. 짐이나 다름없는 나를 챙기느라. 말은 못 했지만 늘 고맙게 생각해. 근데, 여기서라면 나도 네 도움 없이 혼자서 살아갈 수 있을지 몰라."

"투……."

제로는 투가 생각보다 더 마음에 짐을 가지고 있음을 알았다.

"인슐린도 구해 줄 수 있대. 아니, 그것뿐만 아니라 출생신고도 할 수 있도록 도와주겠대. 그 사람들한테서 보호도 해 주고."

제로는 가슴에 무언가 덜컥 내려앉는 기분이 들었다. 어쩐지 맥이 탁 풀렸다. 15년을 함께 지낸 친구들이 자신보다 약간의 친절을 베푸는 저들을 더 믿는 거 같아 섭섭한 걸까. 아니, 어쩌면 창피한지도 몰랐다. 친구들이 이렇게 힘들어하는지 몰랐던 데에 대한 미안함에 말이다.

"······."

제로는 팔짱을 끼고 생각을 정리했다. 일단 라헬과 미카엘이 무슨 꿍꿍이인지는 몰랐지만, 적어도 윤철처럼 죽일 속셈은 아닌 듯했다. 그렇다면 필요가 충족될 때까지 이들을 이용하는 것도 나쁘지 않아 보였다. 적어도 당장 필요한 쉼터와 식사는 해결될 테니 말이다.

"······생각 좀 해볼게요. 잠깐만 혼자 있게 해주세요."

제로는 결국 고개를 끄덕이고, 자신만 소외된 그곳을 벗어나려 방문을 닫았다.

10

수업 시간, 학생들은 모두 선생님이 칠판에 적어 준 문제를 푸느라 정신이 없었지만, 소이는 멍하니 창밖만 바라보고 있었다.

"……."

선생님은 자신의 수업 따위는 들을 가치도 없다는 듯한 모습에 소이를 은근한 눈길로 노려봤지만, 그녀를 혼내지는 않았다. 얼마 전, 소이를 망신시키려 자신에게도 어려운 문제를 가져왔다가 오히려 망신당했던 일이 있었기 때문이다. 벼르고 벼르던 문제였음에도 소이는 너무나도 쉽게 문제를 풀었을 뿐만 아니라 수업을 마치고 굴욕감에 젖은 선생님에게 이런 말까지 덧붙였다.

"설마 이걸 어렵다고 가져오신 건 아니죠? 다음엔 좀 분발하세요."

때로는 문제아보다 더 자존심을 뭉개는 모범생이 있었다. 소이가 그랬다. 그날 이후로 선생님은 절대로 소이를 건드리지 않았다.

"에휴······."

소이는 선생님이 자신을 노려보고 있음을 알았지만 신경도 쓰지 않았다. 지루했다. 쓸모없이 시간을 낭비해야 하는 교실도, 재밌지도 않은 이야기를 속삭이며 낄낄거리는 친구들도, 자신을 둘러싼 모든 게 사라졌으면 했다.

그때 창가로 흰나비 하나가 날아왔다. 우아한 날갯짓으로 곡선을 그리던 흰나비는 창가를 넘어 소이의 앞에 살포시 앉았다. 소이는 천천히 손을 뻗어 봤다. 흰나비는 자신에게 다가오는 손을 보면서도 날아가지 않았다. 소이는 천진한 나비를 주먹에 가두었다. 주먹 안에서 파르르 간질거리는 촉감에 지루함이 조금 가셨다. 손바닥을 펼치자 나비는 자유를 얻어 기쁜 듯 포로로 날아갔지만, 날개가 찌그러졌는지 얼마 날지 못하고 운동장 아래로 추락했다. 소이는 그 모습에 흥미가 가신 듯 다시 한숨을 쉬며 오늘 아침에 있었던 일을 되뇌었다.

오늘 아침, 명은은 평소와 달리 급한 볼일이 있다며 아침 일찍 집을 나섰다. 평소라면 아침밥을 챙겨 주고 분식집을 열 준비로 분주했을 텐데, 무언가 이상했다. 소이는 요 며칠 유독 이상하던 명은의 모습을 떠올리며 엄마가 무언가를 숨기고 있다는 생각에 등교하는 척하며 그 뒤를 쫓았다.

명은이 찾아간 곳은 봉안당이었다. 명은의 남편이자 소이의 아빠가 잠든 곳. 명은은 그곳에서 무릎을 꿇고 한참이나 무언가를 중얼거렸다. 그 물기 어린 중얼거림은 명은이 품에서 구겨진 종이 하나를 꺼내 안치단에 넣어놓은 뒤에야 끝이 났다.

"또 올게요."

봉안당 구석에 숨어 있던 소이는 명은이 떠남을 확인한 뒤, 그녀가 남기고 간 종이를 몰래 꺼냈다.

*의뢰자(1) **장명은**과 의뢰자(2) **한제로**는 99.9993% 친자 관계가 맞음을 반영하는 근거를 제공함.*

"이게 도대체 무슨 말이야?"

기껏해야 아빠에게 보내는 편지인 줄 알았는데, 전혀 예상치 못한 내용에 소이는 당황했다. 제로, 제로라면 분명 그 가출청소년의 별명이었다. 그런데 그 아이와 엄마가 친자 관계라고? 그럼 역시 제로라는 건 별명이 아닌 이름이었던 건가. 그러고 보면 둘 사이엔 자신이 모르는 무언가가 있는 듯했다. 소이는 풀리지 않던 퍼즐이 점점 맞춰지는 기분이었다.

서류를 확인하던 소이는 그 뒤에 스크랩북 하나가 더 있는 걸 발견했다. 이 서류를 여기에 뒀다면 어쩌면 이 스크랩북에도 단서가 있을지 몰랐다. 소이는 떨리는 손으로 스크랩북을 뒤적거렸고, 곧 눈길을 잡아끄는 오래된 기사들을 발견했다.

기사들은 하나같이 박성호 박사에 관한 내용을 다루고 있었다. 소이가 잘 아는 내용이 대부분이었지만, 그중에서 처음 보는 이야기도 있었다. 특히 그 실험에 참여한 산모들의 이야기는 개인 신상 문제로 지금은 어디서도 볼 수 없는 내용이었다. 소이는 거기서 아주 친숙한 이름을 하나 발견했다.

장○○ 산모.

소이는 그 산모가 바로 자신의 엄마이리라 확신했다. 그렇고 보면 명은은 유난히 세온을 싫어했다. 아니, 치를 떤다는 게 더 정확했다. 이번에 자신이 장학생이 됐을 때도 경제적 부담을 상당히 덜어 기뻐할 상황임에도 표정이 떨떠름했다.

소이의 머릿속에서 또 한 개의 퍼즐이 맞춰졌다. 엄마는 자신이 굉장히 귀하게 낳은 딸이라 누누이 말했다. 그땐 그저 과한 애정표현인 줄 알았는데……. 어쩌면 자신과 제로는 박상호 박사의 실험으로 생겨난 비밀 같은 존재고, 그게 하필 지금 불거진 게 아닐까. 그 얄미운 가출청소년이 가족일지도 모른다는 사실에 소이는 기분이 묘해졌다.

'아무래도 직접 만나 봐야겠어.'

소이는 아침에 있었던 일을 갈무리하며, 며칠 전에 온 문자를 다시 한번 확인했다. 버드나무 주유소, 7만 2천 원. 소이는 사실

제로가 자신의 카드를 훔쳐 간 걸 진작 알고 있었다. 처음엔 그저 골탕 먹일 생각으로 넘어간 거였는데, 지금 와서는 더없이 좋은 기회가 됐다. 제로라면 자신이 모르는 내용도 알고 있을 게 분명했으니까. 그 진실이 무엇이든 적어도 이 지루한 학교보다는 훨씬 재미있으리라.

＊＊＊

"에휴……."

김 사장은 고물을 분리하면서 연거푸 한숨을 내쉬었다. 모진 척했지만, 타고난 성미는 어쩔 수 없는지 아이들이 계속 마음에 걸렸다. 자신이 언제까지 돌봐줄 수 없으니 그럴 수밖에 없다 싶었지만, 그래도 찜찜함은 어쩔 수 없었다. 그리고 무엇보다…….

'그 자동차…….'

김 사장은 며칠 전 제로가 떠나던 순간, 한참 뒤에 떨어져 있던 자동차가 정확히 제로가 지나간 길을 뒤따르는 걸 봤었다. 여기가 아무리 구석진 곳이라도 차가 지나다니는 게 이상한 일은 아니었지만, 김 사장은 왠지 그 차가 제로를 뒤쫓는 것처럼 느껴졌었다. 뒷맛이 씁쓸했다.

"택배입니다."

"거기 두고 가쇼."

그러면 어떡할 건가. 이미 제로는 떠나간 뒤였고, 자신이 할 수 있는 건 없었다. 김 사장은 쓸데없는 추측일랑 하지 말자 생각하며 문을 열었다.

"응?"

택배 기사가 두고 간 택배를 챙기던 김 사장의 눈에 한 이상한 편지가 들어왔다. 주소도, 무엇도 적혀 있지 않은 편지. 누가 두고 간 지는 몰랐지만, 김 사장은 누가 보낸 건지 짐작이 갔다. 그는 떨리는 손으로 봉투를 찢어 내용물을 확인했다.

"김자영, 이 멍청한 것아!"

한참 편지를 읽어 내려가던 김 사장은 곧 편지를 던지며 소리쳤다. 그리고 곧장 차 키를 챙겨 들고 고물상을 나섰다. 자신이 해야만 하는 일을 하기 위해.

11

투는 요즘 하루하루가 행복했다. 자신에게도 이런 날이 올 줄 몰랐다. 매끼 배가 터지도록 밥을 먹을 수 있었고, 깔끔한 새 옷을 입고, 따뜻한 물에 씻을 수도 있었다. 그 덕분인지 몸도 많이 좋아졌다.

그리고 무엇보다 좋았던 건 자신이 이곳에 도움이 된다는 거였다. 아무도 자신을 도와줘야만 하는 환자로 취급하지 않았다. 미카엘과 라헬은 언제든지 자신에게 도움을 구했다. 이곳에 자신과 마찬가지로 몸이 불편한 사람들이 많았는데, 투는 둘을 도와 사람들을 돌봤다. 환자 중 한 명이 자신에게 고맙다고 말해줬을 때 투는 눈물을 참느라 죽는 줄 알았다. 꿈만 같았다.

"투 군, 저 좀 도와주겠어요?"

"네, 잠시만요!"

다시는 아무것도 하지 못하고 누워만 있던 골방으로 돌아가고 싶지 않았다.

"……."

제로는 창문 너머로 신이 나 뛰어가는 투를 가만히 바라봤다. 그날 이후로 며칠이나 지났지만, 라헬은 아이들에게 별다른 위해를 가하지 않았다. 아니, 오히려 아이들이 이곳에 적응하고 잘 지낼 수 있도록 배려했다. 처음엔 경계심 가득하던 제로도 차츰 제 안의 독기가 빠지는 게 느껴졌다. 아닌 게 아니라 원과 투가 너무나도 행복해 보였다. 자신과 함께 독방에서 살 때는 결코 볼 수 없던 얼굴들, 그때처럼 지금도 셋이 함께였지만, 제로는 왠지 자신은 거기서 소외된 듯했다.

"휴……."

제로는 괜한 섭섭함에 창밖만 바라봤다. 오늘따라 창밖으로 오가는 사람들이 많이 보였다.

"더운데 이것 좀 마셔보세요."

라헬이 투와 함께 방으로 들어왔다. 둘의 손에는 미숫가루와 먹을 게 들려 있었다. 잔에 물방울이 살짝 맺힌 미숫가루는 보기만 해도 시원해 보였다.

"감사합니다."

의심 없이 받아 마시는 원과 달리 제로는 대충 둘러대며 잔을 내려놓았다.

"왜 그래요, 제로 군?"

"아, 너무 찬 건 싫어해서요."

라헬에 대한 경계는 다소 누그러졌지만, 불편한 건 여전했다.

"제로, 너 안 마시면 내가 대신 마실게."

"야, 배탈이라도 나면 어쩌려고."

원이 말릴 새도 없이 컵을 들어 한입에 털어 넣었다. 그러고
는 만족스러운 듯 배를 두드렸다. 제로는 그 모습에 못 말리겠다
는 듯 한숨을 내쉬었다.

"참, 오늘 다들 별일 없죠?"

"뭐 때문에 그러세요?"

"오늘이 저번에 말했던 그 예배일이거든요. 다들 기억나죠?"

"그게 오늘이군요!"

"전 빠져도 될까요."

호기심을 보이는 원, 투와 달리 제로는 고개를 저었다. 사람
많은 곳을 별로 좋아하지도 않았고, 지난번 의료단지에서 종교
인들에게 둘러싸였던 기억이 있다 보니 그런 자리가 불편했다.

"안 돼요. 다른 건 몰라도 예배는 꼭 드려야 해요."

그러나 언제나 인자한 미소를 짓던 라헬이 이번만큼은 단호
하게 고개를 저었다. 제로는 평소와 달리 초조함까지 느껴지는
라헬의 모습이 의아했다.

"제로, 잠깐 다녀오자."

"그래. 이렇게까지 부탁하시잖아."

"······알겠어."

그러나 자신이 큰 잘못이라도 저지른 듯 전전긍긍하며 예배에 데려가려 애쓰는 둘의 눈빛에 제로는 하는 수 없이 몸을 일으켰다. 사실 아무리 자신이라도 대접받고 지내는 중에 그들의 요청을 아예 무시할 수는 없었다. 제로는 한숨을 내쉬며 늘 들고 다니는 가방을 어깨에 멨다.

"가방은 왜 챙기는 거야."

"누가 뒤질까 불안해서."

"너······."

"괜찮아요. 이쪽으로 오세요."

가시 돋친 말에 투가 얼굴을 찌푸렸지만, 라헬은 괜찮다는 듯 웃으며 공소 뒤편에 자리한 예배당으로 아이들을 이끌었다.

예배당에는 오늘 낮부터 공소를 찾은 수많은 이들이 빈자리 없이 앉아 있었다. 생각보다 어두운 예배당 맨 앞에는 벽 전체를 차지할 만큼 커다랗고 붉은 십자가가 자리하고 있었고, 미카엘이 강단을 오가며 예배를 준비하고 있었다.

"여기 앉으세요."

라헬은 강단과 가장 가까운 자리로 셋을 안내했다. 제로는 이렇게 많은 사람들 속 일부러 비워진 듯한 자리가 꺼림칙했지만, 또 입을 열었다가는 원과 투의 눈총을 받을 것 같았기에 잠자코 자리에 앉았다.

얼마 지나지 않아 예배가 시작됐다. 사람들은 미카엘을 따라 자연스럽게 예배를 봤지만, 제로는 그저 어색하고 지루하기만 했다. 다른 둘도 별반 다르지 않았다. 투는 열심히 들으려 애썼 지만 눈이 반쯤 감겨 있었고, 원은 아예 입을 벌린 채 꾸벅꾸벅 졸고 있었다. 제로는 어서 빨리 예배가 끝나길 바라며 미카엘을 멍하니 바라봤다.

"여러분, 오늘은 특별한 날입니다."

"할렐루야."

"……?"

그러다 어느 순간, 미카엘과 눈이 마주쳤다. 제로는 그의 눈 빛에 무언가가 스치는 걸 느끼고 자세를 바로잡았다.

"여러분, 하느님께서는 인간을 사랑하시어 자신의 모습으로 인간을 빚었습니다. 우리는 그분의 모습을 받은 자식으로서 세 상에 하느님의 뜻을 전파하고, 그 뜻을 지킬 사명을 띠고 태어난 겁니다."

"할렐루야."

"하지만 언제부턴가 하느님의 뜻을 곡해하고 자신이 마치 하 느님이 된 것처럼 행세하는 자들이 나타났습니다. 인간의 생존 수단일 뿐인 과학을 무기로 그들은 하나님의 뜻을 어지럽히고 있습니다. 예, 맞습니다. 바로 박성호 같은 자가 그렇습니다!"

"할렐루야!"

"뭐……, 무슨 일이야?"

신도들은 점차 열광적으로 부르짖었다. 그 소리에 졸고 있던 원이 놀라 눈을 떴다. 제로는 자기도 모르게 메고 있던 가방끈을 조였다. 자신의 직감이 무언가 잘못됐다고 말하고 있었다.

"그 누구도 하느님의 자리를 대신할 수 없습니다. 만약 그럴 수 있다는 자가 있다면 그는 신이 아니라 사탄이며, 존재하지 말아야 할 악입니다. 저길 보십쇼!"

미카엘의 손가락이 정확히 제로와 원, 투를 가리켰다. 그리고 예배당의 모든 시선이 일제히 셋을 향했다.

"……."

눈들은 하나같이 똑같은 말을 하고 있었다. 맹목적인 믿음. 제로의 등 뒤로 식은땀이 흘렀다.

"저 아이들이 평범한 아이들로 보이십니까, 하느님께서 빚으신 자식으로 보이십니까? 아닙니다! 저 아이들이 바로 사탄 박성호가 만든, 사탄의 씨앗을 품고 태어난 아이들입니다. 사탄의 씨앗이 저 아이들의 몸에 기생하여 아이들을 좀먹고 있습니다. 한 아이는 그 지닌 죄로 태양 앞에 서지 못하며, 한 아이는 약이 없이는 일주일도 살아남지 못합니다. 저 불쌍한 것들을 보십쇼!"

제로는 몸이 빠르게 식었다. 그제야 모든 상황이 이해 갔다. 미카엘과 라헬의 필요란 다름 아닌 자신의 신념을 주장하고 부르짖을 도구로써 아이들이 존재하는 거였다. 동정하고 걱정한 게 아니었다. 아니, 차라리 그랬으면 나을 뻔했다.

"거짓말이야……."

투가 나지막이 읊조렸다. 그의 눈에 눈물이 글썽거렸다. 투는 마침내 자신을 이해하고, 받아들여 주고, 남들과 다름없이 대할 곳을 찾았다고 여기며 진심으로 기뻐했다. 그러나 이들은 투의 병을 철저히 이용하며, 그의 존재를 단순히 이용 가치가 있는 병 자로 만들고 있었다.

"오오, 할렐루야!"

"우린 저 아이들을 증거로 이 세상의 사탄들을 처단해야 합니다. 다시는 저런 아이들이 나오지 않게!"

"질문 있습니다!"

그때 누군가가 손을 들었다. 투에게 감사를 표했던 백발의 할머니였다.

"뭡니까."

"저 아이들을 증거로 모든 사탄을 물리치면 저 아이들은 어떻게 되는 겁니까. 저 아이들도 사탄에게서 난 것 아닙니까."

그 말에 모두가 숨을 죽이고 미카엘을 바라봤다. 세 아이도 마찬가지였다. 투는 마지막으로 희망을 품었다. 미카엘이 이렇게 말해주기를 바랐다. 그 모든 일이 끝난 뒤에는 평범한 한 사람으로서 살게 하려 자신들이 할 수 있는 모든 일을 할 거라고.

"그럼, 그 역할을 다한 것입니다. 가지고 태어난 죄를 하느님께 용서 빌게 하고 이 세상에서 정화해야겠지요."

그러나 언제나 진실은 잔인했다. 투의 얼굴이 엉망으로 헝클어졌다.

"미카엘!"

투의 비명은 신도들의 박수와 환호에 묻혔다. 라헬은 그 모든 상황을 만족스럽게 내려다봤다. 작은 캠코더를 손에 들고 아이들을 촬영하는 라헬의 눈에는 희열이 번득였다.

제로는 그 모든 걸 산산이 부수고 싶었다. 모든 게 거짓인 신앙에 딱 한 가지는 진실이었다. 바로 자신에게 사탄의 씨앗이 있다는 말.

방금 그 씨앗에 싹이 났다.

"이제 그만!"

제로의 고함에 신도들의 환호가 정지 버튼을 누른 듯 멈췄다.

"당신들의 거지 같은 장난에 놀아나는 건 여기까지야."

제로는 미카엘과 라헬을 노려보며 씹어뱉듯이 말했다.

"제로 군. 친구들을 위해 힘쓰고 지금까지 돌본 건 칭찬합니다. 비록 그러기 위해 수많은 죄를 지었어도 말이죠. 그렇지만 여기서 당신이 할 수 있는 건 아무것도 없습니다."

미카엘이 가소롭다는 듯 웃었다. 수많은 신도들 사이에서 고작 아이 셋이 뭘 할 수 있냐는 웃음이었다. 맞는 말이었다. 그들이 평범한 아이들이었라면.

"제로, 지금 이게 무슨 상황이야?"

원이 물었다. 상황을 다 파악하지 못해 얼떨떨해하고 있지만, 본능적으로 지금이 굉장히 불쾌한 상황임을 느끼는지 화가 날락 말락 하고 있었다.

"너랑 투가 아픈 걸 길거리에서 장난감 팔듯이 진열하고 자랑하려나 봐."

원이 콧김을 크게 내뿜었다. 착한 원이 가장 크게 화를 낼 땐 바로 원과 투가 연관될 때였다.

"나쁜 사람들인 거지?"

"엄청. 투, 괜찮아?"

투는 고개를 들지 못했다. 제로의 말대로 진작 이곳을 떠났으면 이 모든 일과 맞닥뜨리지 않아도 됐었는데…….

"제로, 미……."

"그런 이야기는 나중에 하자. 이제 떠나도 되지?"

투는 제로의 얼굴을 살폈다. 제로는 결코 투를 힐난하거나 비난하려는 얼굴이 아니었다. 투는 슬며시 고개를 끄덕였다. 제로는 원에게 재빨리 무언가 속삭인 뒤, 몸을 움직였다.

"어딜 가려고!"

"이거 놔!"

옆에 있던 건장한 신도가 셋을 막아섰지만, 원은 그 사람을 들어 그대로 던져버렸다.

"으아악!"

사람들은 작은 원에 의해 거구의 남자가 날아가는 모습을 당혹스럽게 쳐다봤다. 미카엘 역시 그 모습에 얼이 빠졌다가 뒤늦게 소리쳤다.

"막아!"

그 말이 신호가 돼 신도들이 일제히 셋에게 달려들었다.

"으아아!"

원은 제로가 알려준 대로 구석에 놓인 커다란 스피커를 들고 빙빙 돌렸다. 말도 안 되는 괴력에 사람들은 가까이 갈 엄두를 못 냈다. 제로는 그 틈에 강단 위로 올라가 당황해 어쩔 줄 모르는 라헬에게 달려들었다.

"이거 놔!"

라헬은 캠코더를 빼앗기지 않으려 필사적으로 몸부림쳤다. 가식을 걷어낸 얼굴은 더할 나위 없이 끔찍했다. 제로는 매달리는 라헬을 거칠게 뿌리치고 메모리 카드를 빼낸 캠코더를 벽에 집어 던졌다. 캠코더가 산산조각 나 바닥에 떨어졌다.

"이 새끼가!"

미카엘이 욕을 뱉으며 제로의 뒤를 덮쳤다. 제로는 그대로 공중으로 떠올랐다. 필사적으로 버둥거렸지만 마음먹은 대로 힘을 쓸 수가 없었다.

"제로를 놔 줘!"

그 순간, 무언가 날아들더니 제로의 머리 위에서 무언가 깨지는 소리가 났다.

"으악!"

움켜쥔 팔에 힘이 빠지자. 제로는 있는 힘껏 미카엘에게서 벗어나 그의 명치를 걷어찼다. 미카엘 숨도 못 쉬고 강단에서 떨어졌다.

"괜찮아?"

투가 소리쳤다. 바닥을 굴러다니는 피 묻은 마이크는 그가 던진 듯했다.

"땡큐!"

제로는 강단에서 내려와 투와 함께 원에게 다가갔다. 원의 괴력에 신도들은 여전히 접근하지 못하고 주뼛거리고만 있었다. 제로는 주위를 살피며 입구와의 거리를 가늠했다.

짝, 짝, 짝.

그 순간, 예배당에 때아닌 박수 소리가 울려 퍼졌다.

"와. 이게 다 너희들 작품이야?"

제로는 곧 소리의 주인을 알 수 있었다. 오만한 걸음걸이, 코끝에 닿는 지독한 향수 냄새. 윤철이었다.

"귀찮은 버러지들이 다 여기 있었네. 이래서 끼리끼리 모인다는 말이 있는 건가?"

"이윤철……."

"음? 내 이름은 어떻게 알았지? 근데 뒤에 뭐가 더 붙어야 하지 않을까?"

"……."

과장되고 익살스러운 웃음에 제로는 이를 악물었다. 타이밍이 안 좋아도 너무 안 좋았다. 짧은 순간 원과 힘을 합치면 어떻게든 도망갈 수 있지 않을까 생각했는만, 뒤이어 나타난 부하들을 보고는 그런 생각마저 접을 수밖에 없었다.

"어른이 말씀하시는데 대답도 안 하고, 김자영이 참 버릇없게 키웠구나?"

"……함부로 마더의 이름을 부르지 마!"

이기죽거리는 윤철에게 투가 소리 질렀다. 유독 자영을 따랐던 투는 화를 참지 못했다. 윤철은 말없이 고개를 돌렸다. 한쪽 눈만으로도 충분히 사람을 죽일 듯한 서슬 퍼런 눈빛에 투는 저도 모르게 뒷걸음질 쳤다.

"풉."

투를 노려보던 윤철이 별안간 실성한 사람처럼 웃음을 터뜨렸다.

"내가 지금 무슨 생각을 하는지 맞혀볼 사람?"

그 말에 모두가 황당하단 듯 윤철을 쳐다봤지만, 그는 뭐가 그리도 재밌는지 숨이 넘어갈 듯 낄낄거렸다. 그리고 별안간 품에서 총을 빼 들었다.

"없어?

예배당에는 긴장한 숨소리만이 흘렀다. 윤철은 재미없다는 듯 웃음을 거두고 제로를 바라봤다.

"무슨 생각을 했을 거 같아?"

"……그 총으로 당신 머리를 쏘면 재밌겠다?"

씹어뱉듯 내뱉는 말에 윤철이 총구 끝으로 관자놀이를 긁으며 낄낄거렸다.

"오늘 6시 뉴스에 실릴 내용을 생각했어. 이야기해 줄 테니 잘 들어 봐. '6시 뉴스 이윤철입니다. 속보입니다. 여주시에 위치한 한 교회에서 갑작스러운 화재가 발생해 예배 중이던 신도 수십여 명이 사망하는 사고가 발생했습니다. 화재는 교회에서 돌보던 가출청소년들이 물건을 훔치기 위해 일부러 낸 것으로 보이며, 가출청소년들 역시 화재에 휩쓸려 사망한 것으로 보입니다.' 어쩌고저쩌고……. 어때, 저녁 먹으면서 듣기 딱 좋은 내용이지?"

윤철이 뉴스의 앵커를 흉내 내며 익살스럽게 떠들었지만 아무도 웃지 않았다. 예배당의 모두가 윤철이 충분히 그 농담을 실현할 수 있는 사람임을 짐작했다. 제로는 지금으로선 아무리 머리를 굴려 봐도 이 상황을 벗어날 방법이 떠오르지 않았다.

"아이들을 지켜요!"

침묵을 뚫고 누군가 소리쳤다. 다름 아닌 라헬이었다.

"아이들을 빼앗기면 안 돼요. 저 아이들은 우리 믿음을 증명할 증거예요. 오늘 있었던 일의 책임을 나중에 묻더라도 일단은 살아 있어야 해요. 무조건 아이들을 지키세요!"

그녀는 놀랍게도 아이들을 지키라 말하고 있었다.

"일단 저 사탄들부터 처리하고 생각합시다!"

미카엘까지 말을 거드니 신도들이 물결처럼 아이들 앞을 막아섰다.

"안 꺼져?"

윤철이 위협하려 천장을 향해 총을 쐈지만, 믿음에 목숨을 걸기로 한 이들을 물러서게 할 수는 없었다.

"적의 적은 동료라던데, 그 말이 맞나 봐?"

제로가 비아냥거렸다. 이들을 용서해 줄 마음은 결코 없었지만, 덕분에 활로가 보였다.

"이만한 사람들한테 총알구멍이 나면 아무리 태워서 숨겨도 티가 나지 않을까?"

"닥쳐!"

윤철의 표정이 일그러졌다. 그 말대로였다. 사람들 모두 화장터에 데려가 일일이 불태우지 않는 이상 이만한 인원에게 총을 쐈다가는 분명 흔적이 남을 터였다.

"오늘 뉴스 내용이 바뀌겠는데? '신원불명의 한 남성이 사람

들을 총으로 쏴 죽이고 사실을 은폐하려 불을 질렀습니다.' 어
때? 뉴스 시작 멘트로 최고지?"

"이 새끼가 진짜!"

제로의 이기죽거림에 윤철은 화가 머리끝까지 났다. 보통 군
중이란 빛 좋은 개살구에 지나지 않았다. 아무리 수가 많아 봤자
커다란 무력을 보여주면 겁먹은 개개인으로 변했다. 방금도 자
신이 죽을지 모른다는 불안감이 그들 모두를 옭아매고 있었지
않은가. 그런데 저 빌어먹을 계집과 꼬마 때문에 모든 상황이 복
잡해졌다.

사냥은 말 위에서 여유를 부려야 제맛이지, 흙바닥을 뒹굴며
아등바등하는 건 사냥이 아니었다.

"저 새끼들 잡아!"

"원! 투를 지켜!"

윤철이 화를 참지 못해 달려들자, 예배당은 순식간에 아비규
환이 됐다. 신도들과 윤철의 부하들이 서로 뒤엉켰다. 수적으로
는 신도들이 훨씬 많았지만, 일반인이나 다름없는 신도들과 달
리 윤철의 부하들은 모두 단련된 사람들이었다. 길게 끌수록 아
이들에게 불리했다. 제로는 달려오는 윤철을 상대하기 위해 자
세를 잡았다.

"으아아!"

먼저 공격한 건 윤철이었다. 그는 달려오는 속도 그대로 제로

의 머리를 노렸다. 제로는 가까스로 피했지만, 머리칼 위로 마치 차가 지나가는 듯한 느낌을 받았다. 제대로 맞으면 분명 정신을 잃을 듯했다. 제로는 섣불리 달려드는 대신 윤철의 오른쪽으로 돌았다. 윤철이 안대를 한 지금 그 사각을 공략하는 것만이 그를 이길 유일한 방법이라 생각했다.

'이거 봐라?'

그 모습에 윤철이 입꼬리를 올렸다. 저번에는 예상외의 상황과 방심으로 제로를 놓쳤지만, 이번엔 여유를 부렸을지언정 방심하진 않았다. 그러나 제로는 그때와는 비교도 안 될 정도로 성장해 있었다. 고작 며칠 만에. 윤철은 사각으로 교묘하게 파고드는 제로에게 저도 모르게 감탄했다. 심지어 동작을 복사한 듯 스텝마저 비슷하게 따라 했다. 윤철은 씩 웃으며 큰 동작으로 제로를 멀찍이 떨어뜨렸다.

"옛말에 한창 자라는 아이는 일주일만 안 봐도 다른 사람이 돼 있다더니, 참 옛말은 틀린 게 없어요."

윤철은 이기죽거리며 몸을 풀었다. 여유로운 윤철과 달리 제로는 거칠게 숨을 몰아쉬었다. 사각을 공략하면 그래도 승산이 있으리라 생각했건만, 오산이었다. 그리고 또 하나의 오산이 있었는데, 윤철이 거추장스럽다는 듯 안대를 벗어 버린 것이다.

"휴, 세상이 달라 보이네."

그의 눈두덩이에 실로 봉한 상처가 도드라졌다. 아직 붉은 기가 돌았지만, 확실히 회복돼 가고 있음이 보였다. 그리고 무엇보다 움직이는 데 문제없어 보였다. 윤철은 두 눈으로 제로를 노려봤다. 제로는 이를 악물었다. 그때도 느꼈지만, 지금도 확신했다. 자신은 도저히 윤철을 이길 수 없었다.

"다시 간다!"

윤철이 제로의 품으로 파고들었다. 고작 안대 하나 벗었을 뿐인데, 그는 마치 무거운 납 주머니를 푼 듯 몇 배나 빨라졌다. 제로는 팔을 뻗을 엄두조차 내지 못하고 공격을 쳐내는 데만 급급했다. 한 대라도 잘못 맞았다가는 그대로 끝이었다.

"헉!"

한참 이리저리 도망치던 제로가 하필 방석을 밟고 미끄러진 순간, 윤철이 양손으로 제로의 머리를 잡으며 무릎을 세웠다. 퍽! 뼈가 부러지는 소리와 함께 눈앞에 빛이 번쩍였다가 캄캄해졌다. 코에서 수도꼭지를 돌린 듯 쉴 새 없이 뭔가가 쏟아지는 느낌이 났다. 어둠이 서서히 걷히고, 제로는 무릎에 무게를 실어 움직이지 못하도록 막은 채 내려다보는 윤철을 봤다.

"……우리가 뭘 잘못했어?"

"살아있는 게 잘못이지."

윤철이 질문에 김빠진다는 듯 제로의 뺨을 툭툭 쳤다.

"……뭐?"

"너희는 존재 자체가 유전병의 발현을 막으려 만들어진 아이들이야. 한 아이가 지니고 태어났을 불순물을 담는 그릇이지, 살아 움직여 돌아다니라고 만들어진 게 아니란 말이야. 너는 찌꺼기를 담은 그릇이 살아 움직이면 기분이 어떨 거 같냐?"

뺨을 툭툭 건드리며 떠들어대는 윤철의 말에 제로는 이를 악물었다. 말은 그럴싸했지만, 사실상 그들의 잘못으로 아이가 잘못 태어났을 뿐이었다. 운명이라면 받아들였겠지만, 누구의 장난질로 고통을 받는 거라면 용납할 수 없었다.

"그런데 이상하단 말이야, 넌 도대체 어디가 아픈 거냐? 내가 봤을 땐 전혀 문제가 없어 보이는데."

혼자 떠들어대던 윤철은 문득 궁금하다는 얼굴로 제로를 내려다봤다. 그 말 그대로였다. 제로는 자신이 어렸을 때 심장 쪽에 큰 문제가 있었다고 듣긴 했지만, 기억이 선명할 무렵에는 이미 그런 증상이 없었다. 한참을 생각하던 윤철은 흥미가 식었는지 어깨를 으쓱하며 주먹을 들어 올렸다.

"뭐, 상관없지. 이제 그, 컥!"

윤철의 묵직한 주먹이 얼굴에 하늘로 치솟아 올랐다 멈춘 순간, 제로는 눈을 질끈 감았다. 그러나 금방 닿으리라 생각했던 충격 대신 이상한 비명과 함께 몸이 가벼워졌다.

"제로, 괜찮아?"

눈을 뜨니 손을 뻗은 원이 보였다. 옆에는 엉망으로 쓰러진 채 몸을 가누려 애쓰는 윤철이 보였다. 방심한 사이 원의 전력으로 날린 발차기를 맞은 모양이었다. 손을 잡고 일어나면서, 제로는 차라리 원에게 윤철을 맡기는 게 나았을까 생각했지만, 이내 고개를 저었다. 싸움에 익숙한 그라면 어떻게든 원의 힘을 감당할 방법을 찾아냈을 게 분명했다.

"⋯⋯."

제로는 빠르게 주위를 살폈다. 여전히 신도들과 부하들이 엉켜 싸우고 있었지만, 많은 신도가 제압된 상황이었다. 제로는 도망치려면 지금뿐이라 느꼈다.

"가자!"

셋은 예배당 입구로 뛰어갔다. 도중에 윤철의 부하가 앞을 가로막았지만, 한 명 정도 피하는 건 일도 아니었다.

"일단 저쪽으로 가자!"

셋이 머물던 공소 주변은 외곽진 곳에 있어 차가 지나다니는 도로 하나와 신도들이 사는 집 몇 채 말고는 허허벌판이었다. 제로는 저 멀리 보이는 산으로 아이들을 이끌었다. 산을 타고 달아난다면 쉽게 쫓기 어려우리라.

끼이익!

얼마나 달렸을까, 뒤에서 거칠게 덜컹거리는 소리가 들렸다. 돌아보니 검은색 자동차 한 대가 빠른 속도로 다가오고 있었다. 차 안에는 험악한 얼굴의 윤철이 운전대를 잡고 있었다. 차는 밭을 질주하며 아이들을 칠 듯이 다가왔다.

"피해!"

제로는 몸을 옆으로 던지며 소리쳤다. 그 소리에 원과 투도 돌진하는 차를 피하려 몸을 틀었다.

"악!"

"투!"

하필이면 그때 투가 다리에 힘이 빠져 쓰러졌다. 차는 그새 코앞까지 다가와 있었다. 제로는 지금 몸을 움직이더라도 이미 차가 투를 밟고 지나간 뒤일 거라 확신했다.

쾅!

그럼에도 제로가 몸을 일으킨 순간, 어디서 다가왔는지 구형 SUV 한 대가 튀어나와 차의 방향을 틀었다. 차는 천만다행으로 투를 종이 한 장 차이로 스치며 그대로 밭에 박혔다.

"타!"

"너는……."

조수석의 창이 열리며 등장한 사람은 다름 아닌 소이였다.

"빨리!"

제로는 예상치 못한 상황에 잠시 얼이 빠졌지만, 다급히 원과 투를 챙겨 차에 올라탔다. 시트를 모두 제거하고 개조한 SUV 안은 각종 연장과 장비가 가득했다.

"꽉 잡아라!"

"김 사장님!"

제로가 뒤늦게 운전석에 앉은 김 사장을 확인하고는 쾌활한 웃음을 터뜨렸다. 김 사장은 아이들이 올라타자마자 빠르게 차를 몰았다. 고랑을 따라서 덮어 뒀던 검은 비닐이 바퀴에 여기저기 찢겨 나갔다.

탕!

"저 미친놈이!"

그러나 기뻐할 새도 없이 차량이 거칠게 흔들렸다. 돌아보니 달리는 자동차에서 상체를 내밀고 총을 겨누는 윤철이 보였다.

탕! 윤철이 다시 한번 총을 쐈다. 이번에 차에 정확히 맞아 오른쪽 백미러가 날아갔다. 자칫 잘못하면 차체를 뚫고 날아온 총알에 누군가 크게 다칠 듯했다. 제로는 뭐라도 할 수 있는 게 없을까 주위를 살폈지만, 이번엔 소이가 빨랐다.

"구슬 어디에 있어요?"

조수석에서 뒤로 넘어온 소이가 물건이 가득한 박스에서 새총 하나를 꺼냈다. 아이들이 가지고 노는 장난감 새총이 아닌 티타늄으로 만든 전문가용 새총이었다.

"그건 또 언제 봤냐?"

김 사장이 소이가 들어 올린 새총을 보며 놀랐다. 생긴 건 아이들 장난감처럼 보이지만, 쇠구슬을 탄환으로 쓰면 사람을 다치게 할 수 있을 정도로 위험한 물건이었다.

"너 그거 당길 줄이냐 아냐?"

"이래 봬도 초등학생 때 양궁부였어요. 돈도 많이 들고 내 마음대로 못 쏘게 해서 그만뒀지만."

소이는 뒤끝이 쓴지 입맛을 다셨다.

"거기 손잡이 당겨봐라."

김 사장은 작은 기대라도 건다는 심정으로 한쪽에 자리한 수납함을 가리켰다. 소이가 손잡이를 당기자 상자 안 가득 쇠구슬이 보였다.

"내가 할게, 너무 위험해."

"네가 할 만한 거면 나도 할 수 있어."

제로가 소이를 만류했지만, 그녀는 손을 뿌리치며 제로를 째려봤다. 두 눈이 승부욕으로 이글거렸다. 소이는 짧게 심호흡을 하고, 그대로 창문으로 몸을 내밀어 쇠구슬을 날렸다. 망설임 없이 쏜 구슬이 뒤따라오는 차의 앞 유리에 정통으로 맞았다. 앞 유리가 거미줄처럼 깨졌다. 차는 눈을 잃은 듯 이리저리 흔들리더니 그대로 수로에 부딪혀 엉망진창으로 찌그러졌다.

"나이스!"

"잘했다!"

김 사장이 쾌재를 부르며 엑셀을 밟았다.

"와……, 진짜 큰일 날 뻔했네."

공소에서 한참 멀어진 뒤, 뒤따르는 차가 없는 듯하자 원이 안도의 한숨을 내쉬며 철퍼덕 드러누웠다.

"어떻게 된 거야, 네가 왜 여기 있어?"

제로는 소이를 노려봤다. 아까는 경황이 없어 넘어갔지만, 소이가 그때 분식집에서 윤철과 이야기를 나눈 걸 봤기에 여전히 그녀가 의심스러웠다.

"보다시피 너 찾으러 왔지."

소이가 대수롭지 않다는 듯 어깨를 으쓱했다.

"나를? 왜?"

"네가 내 지갑 훔쳐 갔잖아. 버드나무 주유소. 모를 줄 알았어? 내놔."

소이는 왜 네가 성내는지 모르겠다는 얼굴로 퉁명스럽게 손을 내밀었다.

"아……."

제로는 얼굴이 빨개졌다. 지금까지 숱하게 남의 물건을 훔쳤지만, 걸린 적이 처음이었다. 그뿐만 아니라 그게 자신과는 남매 사이인 소이라 더더욱……. 제로는 말없이 지갑을 건넸다.

"김 사장님은요?"

머쓱함을 참기 힘들었던 제로는 애꿎은 김 사장에게 툴툴거렸다. 내심 도와줬으면 했던 그가 못내 반가웠지만, 지난번 매몰차게 거절당한 게 자꾸만 떠올라 괜한 심술을 부렸다. 김 사장도 그렇게까지 했다가 찾아온 게 머쓱했는지 자꾸 헛기침했다.

"크흠, 김자영이가 뒤늦게 보낸 편지 때문에 네가 몸값이 좀

올랐거든. 말했잖냐. 내가 돈 되는 건 뭐든지 받는다고."

"네?"

"네가 늘 지니고 다니는 십자가 목걸이 있지? 그걸 좀 봐야겠다."

잘 들어, 제로. 그 십자가 목걸이에 아주 중요한 진실이 담겨 있단다. 누구한테도 빼앗겨서는 안 돼. 네가 가지고 있다가 최후의 위험이 닥쳤을 때 꺼내 봐. 알겠지?

제로는 목에 건 목걸이를 꺼내 봤다. 그때는 그저 십자가를 보며 위로를 얻으라는 건가, 대수롭게 생각하지 않았는데…… 혹시 여기에 뭔가 비밀이라도 있는 걸까. 제로는 찬찬히 십자가를 살폈지만 여전히 어떤 것도 알 수 없었다.

"근데, 방금 총 쏜 사람, 윤철 삼촌 맞지? 어떻게 된 거야?"

"윤철 삼촌?"

원이 윤철을 삼촌이라고 부르는 소이를 노려봤다.

"뭐야, 너 저 미친놈이랑 아는 사이냐?"

김 사장도 표정을 굳혔다.

"아녜요, 잘 몰라요. 그냥 며칠 전에 집에 찾아왔는데, 엄마가 예전에 같은 동네에 살았을 때 챙겨 준 동생이라고 인사시켜서 그때 본 게 처음이에요."

소이는 차 안의 모두가 자신을 노려보자 다급히 손사래 치며 변명했다.

"같은 동네에 살았다고?"

제로는 소이의 말에 눈을 동그랗게 떴다. 분명 윤철이 자신을 찾기 위해 미리 수를 쓴 것이라 생각했는데, 그게 아니라 예전부터 아는 사이였을지는 꿈에도 몰랐다. 이제 와 돌이켜 보면 단순한 남남이라기에는 지나치게 살갑게 보이긴 했다.

"응, 엄마도 굉장히 오랜만에 본 것 같던데. 8년 만이랬나. 미국에서 오랫동안 공부하다가 이번에 들어와서 안부 차 들린 거라고 했어. 근데 그때 분명히 세온 의료단지 연구원이라고 했는데……."

'그렇다면 우릴 배신한 게 아니고 정말 우연히 아는 사이인 건가.'

아니, 그럴 리 없었다. 그건 너무 낙천적인 생각이었다. 설사 아는 사이였더라도 하필 제로를 쫓는 지금 찾아간다는 건 우연치곤 너무 작위적이었다. 다만, 거짓말이 아닌 듯한 소이의 태도와 그때의 분위기를 미뤄볼 때 돈을 주고 회유했거나 협박을 당한 건 아닌 듯했다.

"그래……."

"참, 나 너한테 묻고 싶은 게 하나 더 있는데."

소이는 의심이 사그라든 듯하자 안도하며 품에서 구겨진 서류를 꺼냈다.

"이거, 한제로, 너 맞지? 그때 엄마 반응도 그렇고, 도대체 너 정체가 뭐야? 진짜 우리 엄마 아들이야? 혹시 뭐 배다른 동생 그런 거야?"

"……그건 내가 정할 수 있는 게 아냐. ."

제로는 소이가 내민 친자 관계 확인서가 자영이 보냈다던 서류임을 한눈에 알 수 있었다.

99.9993%.

확인서 적힌 수치는 거의 100%에 육박하는 수치였지만, 제로는 그 수치가 너무나도 하잘것없이 느껴졌다. 명은이 자신을 거절한 이상 그 수치는 0%와 다를 바 없었으니까.

제로는 다시 한번 명은과 이야기할 필요가 있겠다 생각했다. 소이가 진실을 알아 버렸다. 두 사람이 정말 윤철과 한편이 아니라면, 소이와 명은이 위험했다.

"김 사장님. 산봉시로 가주실 수 있을까요?"

"어디 갈 데 있냐."

제로는 확인서를 고이 접어 품 안에 넣었다.

"소이 떡볶이로 가 주세요."

3장

DISTURB

12

명은은 잠시도 가만히 있질 못하고 계속 집 안을 서성거렸다.

돌아올 시간이 한참이나 지났는데도 소이가 돌아오지 않았다. 혹시 몰라 소이가 학교에서 집까지 오는 길을 거슬러 가고, 경찰서에도 가 봤지만, 그 어디에서도 소이를 찾을 수 없다.학교에서는 소이가 진작 하교했을 뿐만 아니라 오늘 늦게 등교했는데 혹시 집에 무슨 일이 있는 게 아니냐는 이야기만 전해 줄 뿐이었다.

"어휴……."

미칠 것 같았다. 최근 들어 이상한 일이 자꾸 생기다 보니 더더욱 불안했다. 이럴 때 마음을 털어놓을 가족이라도 있으면 좋으련만, 명은은 새삼 제 신세가 서러웠다.

"엄마!"

"소이, 소이니?"

혹시라도 자신이 떠난 사이 소이가 돌아올까, 집을 떠나지도 못하고 전전긍긍하던 명은은 딸의 목소리에 부리나케 현관으로 달려 나갔다.

"왜 이렇게 늦게 왔어, 무슨 일이야? 어디 다친 건 아니지?"

"엄마 그게……."

"아줌마."

"넌……."

눈물을 글성이며 소이의 상태를 살피던 명은은 그 뒤를 따라 들어온 제로를 보고는 얼굴을 굳혔다.

"너, 네가 소이를 납치한 거야? 도대체 나한테 왜 이래!"

몇 시간 동안의 걱정이 화로 바뀌어 터져 나왔다. 제로는 자신에게는 사랑보다 화를 쏟는 그녀를 가만히 바라보다 품에서 서류를 꺼냈다.

"이거 아시죠?"

"너 그거 어디서 났어?"

손에 들린 서류는 분명 자신이 봉안당에 넣어 두고 온 확인서였다. 명은은 제로가 남편의 봉안당까지 들쑤셨다는 생각에 화가 머리끝까지 치솟았다. 그러나 다행히 윽박지르기 전 소이가 명은을 진정시켰다.

"엄마, 내가 애한테 줬어. 사실 오늘 아침에 엄마를 쫓아갔거든."

"뭐라고?"

명은은 그제야 소이가 오늘 늦게 등교했다던 이유를 알 것 같았다.

"이게 마더가 보낸 거예요. 김자영. 들어본 적 없어요?"

"나, 나는 아무것도 몰라……."

명은은 거짓말을 들킨 사람처럼 말을 더듬었다.

"마더는 오랫동안 박성호 박사 밑에서 연구를 도왔어요. 안경을 꼈고, 나이는 오십 대 정도예요. 모르세요? 소이도 그 병원에서 낳았다면서요."

"너 그걸 어떻게……."

"엄마, 나 봉안당에서 엄마가 남긴 기사도 봤어. 내가 그 실험에서 태어난 거지?"

그토록 숨기려 했던 비밀이 모두 드러나고 말았다.

"소이야. 그렇다고 해도 달라지는 건 없어. 우린 그저 널 건강하게만 낳게 해달라고 부탁했을 뿐이야. 세상 사람들이 말하는 이상한 건 하나도 없었어."

명은은 혹여나 소이가 상처받을까 연신 딸을 쓰다듬으며 변명했다. 그리고 이 모든 상황을 만든 제로를 쏘아봤다.

"그래서? 설사 네가 말하는 그 김자영이란 사람을 내가 안다고 쳐. 생각나는 사람이 있긴 해. 그래도 그 사람과 나는 이런 부탁을 할 만한 사이가 아냐."

명은은 제로의 설명에 자신을 돌봐줬던 의사가 떠올랐다. 그녀 덕분에 열 달간 불편함 없이 지내긴 했지만, 그사이에 어떤 감정의 교류가 일어난 적은 없었다.

"나도 그 실험에서 태어났어요. 원래라면 소이가 지니고 태어났어야 할 모든 병을 안고요. 원도, 투도 그래요. 아줌마가 참가한 실험은 완벽히 성공한 게 아니에요."

"뭐라고?"

"그래서 세온에서 우리를 없애려고 하는 거예요. 우리의 존재가 그들의 실험이 성공하지 못했다는 증거니까요."

하나같이 영화에나 나올 법한 허무맹랑한 이야기였지만, 그 말을 뱉는 눈은 너무나도 진실돼 보였다.

"우린 원해서 이렇게 태어난 게 아니에요. 건강한 아이를 원하는 부모들의 갈망과 박성호 박사의 욕심 때문에 태어난 거죠. 이래도 아무것도 모르고, 아무 상관도 없어요?"

명은은 정신이 멍해졌다. 실험의 성공으로 건강한 소이가 태어난 게 아니라 자신이 쌍둥이를 낳았고, 자신도 모르는 새 아이 중 하나에 그토록 피하고 싶던 일들이 일어났다는 사실을 믿을 수 없었다. 그 말을 믿는다면 자신은 다른 아이가 고통받으며 살아가는 것도 모른 채 행복하다고 되뇐 미련한 어미가 됐으니까. 그러고 보면 실험 때도 그렇고 세온 측이 무언가 감추고 있다는 느낌은 늘 있었다. 그때는 깊게 생각하지 않았던 것들이 실은 이런 내용이라면…….

"엄마!"

소이가 충격에 비틀거리는 명은을 부축했다. 그녀는 흔들리는 눈으로 제로의 얼굴을 봤다. 흐린 시야가 더욱 뿌옇게 변했다. 아이의 눈매에 죽은 남편이 그대로 남아 있었다. 그러고 보니 코끝은 자신을 닮은 듯했다. 왜 이제야 알았을까, 왜 이제야 봤을까. 소이를 처음 봤을 때, 아직 눈도 펴지 못하는 쭈글이라도 엄마는 다 알았는데…….

"도와주세요."

남편을 닮은, 올바르고 곧은 눈이 자신을 쳐다봤다.

"엄마라서 도와달라는 게 아니에요. 소이도 위험해요. 마더, 아니, 김자영 씨는 이윤철이란 사람의 손에 죽었어요. 이윤철, 아시죠?"

"윤철이가? 무슨 소리야."

명은은 아까부터 자신이 바보가 된 듯했다. 도무지 이야기를 따라잡을 수가 없었다.

"원래 아는 사이라고 들었어요. 예전엔 어땠는지 모르지만, 지금은 엄청 위험한 사람이에요. 우리를 죽이려 쫓아오고 있어요. 방금 전엔 총까지 쐈고요. 소이도 봤어요. 아마 늦든 빠르든 그 모습을 본 소이도 살려두지 않을 거예요."

"뭐, 총? 너 무슨 소릴······."

"엄마. 못 믿겠지만 정말이야. 두 눈으로 똑똑히 봤어."

명은의 눈빛이 흔들렸다. 소이는 무언가를 숨길지언정 자신에게 한 번도 거짓말을 하지 않았다. 그녀는 윤철이 총을 쐈다거나 아이들을 죽이려고 했다는 말을 그대로 믿긴 힘들었지만, 그가 세운 의료단지의 연구원으로 일하는 만큼 무언가 연관은 있으리라 짐작했다.

"······그래. 그럼 이제 뭘 어떡하면 좋겠니."

명은은 마침내 마음을 굳혔다. 모든 말을 믿는 건 아니지만, 제로를 포함해 절박한 아이들을 계속 외면할 수 없었다.

"증인이 돼 주세요."

"증인?"

"저희는 요 며칠 동안 박성호 박사의 실험에 반대하는 사람들과 같이 있었어요. 그 사람들은 우릴 이용해 박성호 박사의 악행을 알리려 했어요. 의도는 잘못됐지만, 저희가 박성호 박사를 상대할 방법은 그 길뿐인 것 같아요. 우리를 죽이기 전에 우리가 세상에 알려지면 더 이상 죽일 이유도 없고, 죽이기도 쉽지 않을 테니까요. 그러기 위해서는 한 명이라도 더 이 일에 연관된 사람이 필요해요."

"일단, 알겠어."

명은은 머릿속으로 생각을 정리하며 천천히 되뇌었다.

"너희들 말을 전부 믿는 건 아니지만 아예 거짓말을 하는 거 같지는 않고, 도움이 필요해 보이니 내가 할 수 있는 건 도와줄게. 다만, 조금이라도 이상하거나 거짓말인 게 들키면 각오해. 너……랑 내 검사도 언제고 다시 해 볼 거야."

"그거면 충분해요."

제로는 고개를 끄덕였다. 소이가 위험하다는 말에만 반응한 게 못내 섭섭했지만, 이 정도도 큰 진전이라 생각했다.

"그럼 가요."

"뭐? 어딜 가?"

명은은 별안간 뚱딴지같은 소리에 눈을 동그랗게 떴다.

"아까 말씀드렸잖아요. 이윤철이 곧 찾아올 거라니까요. 어떻게 될지 몰라요. 일단 당장 필요한 것만 챙기고 저희랑 피해요. 숨을 만한 곳이 있어요."

"아니 그래도 이렇게 갑자기는 안 되지……. 그래! 윤철이가 오면 차라리 내가 이야기해 볼게. 분명 무슨 오해가 있었을 거야. 아님 경찰에라도 연락해 보자."

"아줌마도 간신히 믿어 준 이야기를 경찰들이 바로 믿어 줄 리 없잖아요. 그리고 저희는 서류상 존재하지 않는 아이들이에요. 기껏 해 봐야 보호시설에나 보내겠죠. 그곳에서 제대로 도망도 못 치고 죽을 테고요."

"……."

명은은 할 말을 잃었다. 당장 소이가 실종됐다는 말을 안 믿어 준다고 답답해하던 게 몇 분 전이었다. 자신의 얘기도 그럴진데 이런 아이들의 허무맹랑한 이야기는 오죽할까 싶었다.

"영영 떠나자는 말이 아니에요. 말씀처럼 상황을 파악하고, 저희 말이 진짜인지 확인할 때까지만이라도 좋아요. 안전하다고 생각되면 언제든 돌아오세요. 하지만 오늘 밤은 저희랑 가셔야 해요."

"소이야 너는 괜찮아?"

명은은 소이를 돌아봤다. 자신보다는 소이가 더 반대하리라 생각했다.

"아무래도 본 게 있으니까."

그러나 예상과 달리 소이는 선선히 고개를 끄덕였다. 평소대로라면 오히려 아이들을 믿지 못하고 내쫓았을 텐데, 핏줄끼리 뭔가 통하는 게 있는가 싶어 명은은 새삼스레 신기했다.

"알겠어, 조금만 기다려."

"소이, 너도. 얼른 챙겨."

"그래."

모녀는 각자의 방이 있는 2층으로 올라갔다. 손에 잡히는 대로, 눈에 보이는 대로 옷가지와 귀중품, 통장 등을 챙기면서 명은은 옛날 생각이 났다. 아주 오래전, 소이를 위해 남편과 떠났던 때가. 명은은 제로를 떠올리며 마지막으로 가족사진을 챙겨 들고 방을 나섰다.

"누구……, 소이니?"

문을 나선 명은은 어두운 복도에 우두커니 선 인영을 보고 얼어붙었다. 뭘 하는 걸까, 명은은 자세히 보기 위해 눈을 찌푸렸다가 놀라 뒷걸음질 쳤다.

"왜 그래, 엄마?"

잘못 본 걸까. 어둠 속에서 나온 소이는 평소와 다름없는 자신의 딸이었다.

"아, 아냐……, 아무것도."

그러나 어둠 속에 우두커니 서 있을 때, 명은은 분명 그곳에 소이가 아닌 다른 사람이 서 있는 듯했다. 분명 소인데, 자신이 알던 소이가 아니었다.

'많이 놀라서 그렇겠지.'

명은은 단순히 기분 탓이라 여기며 소이의 손을 잡고 아래로 내려갔다. 분식집의 문을 꼼꼼히 단속하고 제로를 따라 골목길로 가니 구형 SUV가 보였다. 제로의 말처럼 여기저기 부딪힌 자국과 총알 자국으로 보이는 게 있어 명은은 침을 꿀떡 삼켰다.

"당신이 장명은이요?"

"누구세요?"

명은이 차에 타자 김 사장이 퉁명스레 반겼다. 명은은 그의 우악스러운 모습에 놀라 움츠러들었다. 왠지 자신과 소이가 납치당하는 꼴이었다.

"제가 많이 도움을 받았던 할아버지세요. 믿을 만한 분이니 안심하셔도 돼요."

제로는 소개에도 명은은 불안함을 숨기지 못했다. 김 사장은 그 모습이 기분 나쁜지 콧방귀를 뀌며 차를 몰았다.

"……."

차 안에 어색한 침묵이 감돌았다. 원과 투는 얼마 지나지 않아 서로에게 기대 꾸벅꾸벅 졸았고, 제로는 무릎을 곧추세우고 쪼그려 앉아 깊은 생각에 잠겨 있었다. 소이는 뭐 재밌는 거라도 있는지 휴대전화에서 눈을 뗄 줄 몰랐다.

"……언제부터 알았니? 내가 엄마인걸."

명은은 결국 어색함을 이기지 못하고 먼저 입을 열었다. 제로는 고개만 들어 명은을 바라봤다. 짙은 어둠이 밴 앳된 얼굴이 가로등 불빛에 맞춰 드러났다 사라졌다.

"얼마 안 됐어요."

"시……."

실망하진 않았니, 명은은 이렇게 물어보려다 입을 닫았다. 자신이 엄마로서 보여 준 모습이 그런 못난 모습뿐이라는 게 창피했다. 명은은 황급히 말머리를 돌렸다.

"그동안 어떻게 살았니?"

"인악마을에서 얘들이랑 같이 살았어요. 쭉."

"인악마을? 저쪽에 있는 판자촌? 거기는 아무도 안 산다고 들었는데."

"네. 거기에서 살았어요."

담담한 아이의 말에 명은은 가슴이 아렸다. 명은도 풍족한 생활을 한 건 아니지만, 그 정도는 아니었다. 집 없는 노숙자들이나 찾아드는 곳에서 아이들끼리 힘겹게…….

"내가 원망스럽겠구나."

"그…….'

"다 왔네."

제로가 무언가 말하려 할 때, 김 사장이 대답을 가로챘다. 어느새 고물상에 도착한 모양이었다.

"내리죠."

"그래…….'

김 사장은 일행을 데리고 고물상 한쪽에 자리한 건물로 향했다. 낡은 책상과 철제 의자, 소파와 담요, 지저분한 바닥이 딱 공사판 현장사무소처럼 보였지만, 그래도 입구에 자리한 컨테이너보다는 훨씬 살 만해 보였다.

"여기서 이 인원이 다 자라는 거예요?"

소이가 보며 황당하다는 듯 되물었다. 스위트 룸을 기대한 건 아니지만 여기보다 차라리 자신의 좁은 방이 훨씬 나았다.

"흥, 보고 놀라지나 마라."

김 사장이 콧방귀를 뀌며 담뱃재와 먼지가 가득한 카펫을 치웠다. 그리고는 바닥을 더듬어 손잡이를 잡아 들어 올렸다. 그러자 숨겨져 있던 커다란 지하실이 드러났다.

"우와!"

지하실은 곰팡내가 풍겨 나오긴 했지만 위보다 훨씬 깔끔하고 넓어 보였다. 모두 그 신기한 광경에 고개를 내밀었다.

"선불."

그러나 김 사장은 안을 보려는 명은과 소이의 앞을 가로막더니 대뜸 손을 내밀었다.

"뭐가요?"

"당신이랑 딸이 여기 머무르는 숙박비. 쟤들은 내가 부른 손님이지만 둘은 아니잖소."

"김 사장님!

제로가 당황해하며 나서려 했지만, 명은이 만류했다. 두 아이 앞에서 약한 모습을 보이고 싶지 않았다.

"됐어. 얼마 드리면 되죠?

"인당 10만 원."

"네?"

"아니, 아무리 그래도……."

오고 싶어서 온 것도 아닌데 이런 허름한 곳에 자신과 소이의 몫까지 20만 원을 써야 한다니. 평소였다면 더 듣지도 않고 몸을 돌렸겠지만, 지금은 뒤에 자리한 시선들이 걸렸다. 명은은 지갑을 꺼냈다. 조만간 은행에 갈 일이 있어 현금을 넣어 둔 게 천만다행이었다.

"아, 그리고 핸드폰도 주쇼. 의심하는 건 아니고 놈들이 위치 추적을 할 수도 있으니까. 소이, 너도."

"뭐라고요?"

명은은 갈수록 정도를 더해가는 요구에 점점 울화가 치밀었다. 그러나 여기까지 와서 돌아갈 수도 없는 노릇이었다.

"여기요, 됐죠? 자, 들어가자."

명은은 김 사장의 손 위에 돈과 휴대전화를 탁 소리가 나도록 올려놓고 그를 밀치며 안으로 들어갔다. 아이들도 눈치를 보며 그 뒤를 따랐다.

"우와!"

지하실은 생각보다 훨씬 쾌적했다. 냉장고나 TV 등 여느 반지하 원룸처럼 사는 데 필요한 것들이 전부 갖춰져 있었고, 작지만 화장실도 딸려 있었다.

"이불이나 필요한 건 이따가 넣어줄 테니 일단 좀 쉬고 있어요. 혹시 필요한 거 있으면 바닥, 아니, 천장을 세 번 두드리쇼."

그 말을 마지막으로 창 하나 없는 지하실에 컴컴한 어둠이 찾아들었다. 제로는 벽을 더듬어 전등 스위치를 켰다. 전등은 그리 밝진 않았지만, 주변을 살피는 데는 문제 없었다.

"아휴, 피곤해 죽겠다."

원이 지저분한 바닥에 대자로 누웠다. 투도 그 옆에 조용히 자리를 잡았다.

"일단 좀 쉬세요."

제로가 지하실에 하나뿐인 이불을 명은에게 건넸다.

"네가 써."

"아뇨, 저흰 괜찮아요. 아줌마랑 소이가 쓰세요."

제로는 기어코 명은의 손에 이불을 쥐여 준 뒤 원과 투가 있는 구석으로 갔다.

"……."

명은은 셋의 모습이 퍽 자연스럽게 보였다. 저 아이들은 15년간 저렇게 서로가 서로의 곁에 있었을 거다. 자신들이 원래 있었어야 할 가족의 곁이 아니라. 명은은 자꾸만 가슴이 콕콕 쑤셨다.

쾅쾅.

"다들 잠깐 이것 좀 봐봐."

그때, 지하실 문이 열리더니 김 사장이 다급히 내려왔다. 얼마나 급한지 겨드랑이에 낀 상자에서 물이며 빵 따위가 떨어지는데 신경도 쓰지 않았다.

"뭐 때문에 그러세요?"

제로가 당황하며 묻자 김 사장은 말없이 휴대전화를 켜고 볼륨을 높였다.

뉴스 속보입니다. 산봉시 이촌동의 한 건물에서 불이 나 소방 당국이 출동했습니다. 이 건물은 철거를 앞둔 건물로, 1층에 위치한 분식집에서 화재가 발생한 걸로 보이며, 다행히 인명피해는 없었다고 소방 당국은 밝혔습니다⋯⋯.

"저거 우리 집이잖아?"

소이는 휴대전화 속 익숙한 건물을 보고는 김 사장의 손에서 휴대전화를 뺏었다. 방금까지 그들이 있던 소이 떡볶이가 불타고 있었다. 간판이 녹아떨어지는 모습이 화면에 클로즈업됐다.

"아이고, 어떡해⋯⋯!"

명은은 불타는 분식집을 보자마자 억 소리를 내며 주저앉았다. 아직 챙기지 못한 것들이 한가득이었다. 오랜 시간 동안 모으고 쌓은 추억과 재산들이 한순간에 날아가는 모습에 넋이 나갔다.

"여기 오래 계셔야겠구만⋯⋯."

김 사장이 혀를 차며 중얼거렸다.

"저기에 안 계시길 천만다행이에요."

휴대전화 화면을 보는 제로의 눈에도 불길이 일었다. 만일 자신이 데려오지 않았다면, 명은이 절대로 집을 벗어나지 않으려 했다면 명은과 소이도 저 안에서 불타고 있을지 몰랐다.

"저런 짓까지 아무렇지 않게 저지르는 놈들이니 당분간은 여기에 꼼짝도 말고 있어들. 혹시 필요한 거 있으면 말해. 구해다 줄 테니까."

김 사장은 상황이 상황이니만큼 이번에는 돈 이야기를 꺼내지 않았다.

"참, 인슐린 좀 구해 주세요."

제로는 문득 떠오른 빈 가방을 흔들었다.

"인슐린?"

"예. 투가 꼬박꼬박 맞아야 해요."

"급하냐?"

김 사장이 난처하다는 듯 뒷목을 긁적였다.

"내가 병원 쪽이랑은 연줄이 없거든."

"예? 왜요?"

"에⋯⋯, 아무튼 그런 게 있다!"

김 사장은 약한 내색을 하기가 창피한지 괜히 역정을 냈다.

"어쩌지⋯⋯."

큰일이었다. 김 사장이 구할 수 없다면 도대체 누가 인슐린을 구할 수 있을까.

"저⋯⋯. 제가 구할 수 있을 거 같은데요."

모두의 시선이 한곳으로 향했다. 명은이 머쓱하게 손을 든 채 서 있었다.

13

빛 한 점 새어 들지 않는 지하실의 밤, 저마다의 잠든 숨소리를 들으며 제로는 홀로 생각에 잠겼다. 오늘 있었던 일들, 그리고 앞으로 해야 할 일들을 차근차근 정리했다. 여전히 막막한 상황이었지만, 김 사장과 명은이 함께 하는 것만으로 훨씬 낙관적으로 앞을 바라볼 수 있었다.

"제로야, 자냐."

지하실의 열은 틈 사이로 김 사장의 목소리가 들렸다.

"아뇨."

"잠깐 올라와 봐라."

제로는 고개를 갸웃하며 다른 사람들이 깨지 않도록 조심하며 위로 올라갔다.

"자, 마셔라."

바깥으로 나오자 김 사장이 대뜸 종이컵을 내밀었다. 그 안에는 달콤한 커피가 담겨 있었다. 제로가 미심쩍다는 눈으로 김 사장을 흘겨봤다.

"뭘 그렇게 보냐."

"지난번엔 마시고 싶다고 하니까 천 원 내라면서요."

"이 녀석아! 그건……, 됐다. 먹기 싫음 말어!"

"아녜요. 잘 마실게요."

제로는 슬며시 웃으며 뺏길세라 후루룩 들이켰다. 달달한 인스턴트 커피가 기분 좋게 목을 넘어갔다. 김 사장은 그런 제로를 물끄러미 바라보다 손을 내밀었다.

"목걸이 줘 봐."

제로는 품에서 십자가를 꺼냈다. 마더가 오래전 제로에게 건넨 목걸이. 제로는 이따금 찾아온 자영이 한 번씩 목걸이를 빌려 달라고 할 때를 제외하고는 늘 목걸이를 부적처럼 차고 다녔다.

"그 전에, 마더가 뭐라고 했길래 우리를 찾아왔는지 말씀해 주세요."

"하여간 애다운 맛이 없어요."

김 사장이 투덜거리며 자영의 편지를 건넸다. 편지에는 만일 제로가 김 사장님을 찾아온다면 내치지 말고 끝까지 책임져 달라고, 그 비용은 제로의 십자가에 담겨 있다는 말이 적혀 있었다. 그리고 마지막에는 자신이 남긴 게 지철의 죽음에 조금이나마

조의가 되길 바란다는 말도 쓰여 있었다.

"지철이 누구예요?"

제로의 질문에 김 사장이 컵에 든 커피를 단숨에 털어 마셨다.

"내 아들이다. 이 늙은이의 하나뿐인 자랑. 김자영이랑 같은 연구소에서 일하던."

"……."

그가 뱉는 한숨에 커피 향이 아닌 씁쓸함이 느껴졌다.

"어느 날 음주운전으로 죽었어. 참 이상하지 않냐. 우리 아들은 술을 한 모금도 안 하는데."

"설마……."

"김자영이가 그러더구나. 지철이는 명석하고 불의를 참지 못하는 사람이었다고. 그 성격이 술보다 위험했을 거라고."

"그럼 김 사장님과 마더는 원래부터 알던 사이에요?"

"알고 있다……는 말은 좀 그렇고. 김자영이가 지철이 장례식에 왔어서 얼굴 정도는 알고 있었지. 너희 때문에 만났던 건 순전히 우연이었고. 그때 김자영이가 다 알려주더라. 언젠가 자기가 죽었을 때 지철이를 똑바로 볼 수 있도록 조금씩이지만 차근차근 준비하고 있다고. 때가 되면 도와달라고."

제로는 그가 병원 쪽은 거들떠보지도 않은 이유가 아들이 떠올라서 아닌가 싶었다. 제로는 말없이 목걸이를 풀어 건넸다.

"마더는 이 십자가에 아주 중요한 진실이 담겨 있다고 했어요. 무슨 의미인지는 정확히 모르지만⋯⋯."

김 사장은 목걸이를 들고 이리저리 살폈다. 그러다 책상 위에 올려놓더니 돋보기안경을 쓰고 공구가 가득한 서랍을 열어 본격적으로 십자가를 건드렸다.

딸깍.

"옳거니!"

얇은 꼬챙이가 십자가의 이음매 부분을 건드리자 무언가가 말려 들어가는 소리와 함께 안쪽 십자가의 끝부분이 툭 하고 튀어나왔다. 이윽고 작은 드라이버로 끝부분의 나사를 돌리니 마침내 작은 십자가와 큰 십자가가 완전히 분리됐다.

"이건 USB잖아요?"

작은 십자가의 정체는 놀랍게도 USB였다. 김 사장은 흥미롭다는 얼굴로 USB를 노트북에 꽂았다. 노트북 팬이 돌아가는 소리가 들리더니 곧 화면에 엄청난 수의 파일들이 보였다. 이게 바로 자영이 말한 진실이었다. 제로가 침을 꿀꺽 삼켰다.

쿵쿵쿵!

"아이고, 애 떨어지겠네!"

갑작스러운 소리에 김 사장과 제로가 놀라 펄쩍 뛰었다.

"뭐요?"

김 사장이 짜증스레 지하실 문을 열어젖혔다.

"아뇨, 애가 안 보이길래요."

"제로라면 여기 있소."

명은이 열린 틈 사이로 둘을 번갈아 봤다.

"둘이 뭐 하고 있어요?"

괜찮냐는 김 사장의 눈짓에 제로가 작게 고개를 끄덕였다.

"쳇, 올라오쇼. 댁도 이 일에 엮었는데 알 건 알아야지. 진실을 밝히려면 더더욱."

제로의 손을 잡고 올라온 명은은 두 사람이 보고 있던 화면을 보고는 눈이 휘둥그레졌다.

"이게 다 뭐예요?"

"애들 돌보던 김자영이가 모은 증거들이요."

김 사장이 확인 삼아 파일 중 하나를 열었다. 그러고는 도통 모르겠다는 듯 눈을 끔뻑였다.

"도통 뭐라 적힌지 하나도 모르겠구먼."

"논문……, 인데요. 내용을 보니 아마 박성호 박사의 연구와 관련된 논문 같아요."

"너 이런 것도 볼 줄 아냐?"

자신도 알기 어려운 내용을 살피는 제로를 보며 김 사장이 깜짝 놀랐다. 똑똑한 줄은 알았지만 이정도로 명석할 줄은 몰랐다.

"예전에 마더 옆에서 알음알음 봤어요. 내용을 이해하려면 더 자세히 봐야겠지만."

"이건 저도 도움이 될 것 같은데요."

"당신이?"

옆에서 곁눈질로 화면을 살피던 명은이 다가왔다.

"이래 봬도 간호사로 오래 일했어요. 아마 도움이 될 거예요."

김 사장은 잘 됐다는 듯 휘파람을 불며 이번에는 동영상 하나를 클릭했다. 화면에 CCTV로 촬영된 듯한 영상이 떴다.

"이건 뭐야?"

"분만실이에요."

명은이 곧바로 알아봤다. 화면에는 가림천 앞에 앉은 의사의 지시에 따라 움직이는 여자가 보였다. 제로는 그 여자가 누군지 쉽게 알아봤다. 젊은 자영이었다. 자영과 간호사가 방금 출산한 두 아이를 받아 안았다. 척 봐도 건강하게 움직이는 한 아이와 달리 다른 한쪽은 아무런 반응이 없었다. 간호사가 조용한 아이를 데리고 분만실 밖을 나갔다. 눈을 가늘게 뜨고 있던 김 사장이 명은에게 물었다.

"저기 저 사람, 당신 아니요?"

"……모르겠어요. 화질이 좋지 않아서"

그녀는 입술을 깨물었다. 김 사장의 말대로 수술대에 누운 산모는 자신처럼 보였다. 만일 저 여자가 정말 자신이라면, 출산 전까지 봤던, 아니, 아이를 낳은 뒤에도 본 그 모든 자료가 조작됐다는 소리였다. 저 아이 중 하나가 소이라면 다른 하나는…….

"……."

제로는 화면에서 시선을 뗄 줄 몰랐다. 김 사장은 서둘러 다음 영상을 틀었다. 다음 영상도, 그다음 영상도 같았다. 자영이 남긴 분만실의 영상은 모두 스물두 개였고, 영상들 모두 같은 패턴이었다. 산모가 쌍둥이를 낳으면 자영이나 다른 사람이 그중 한 아이를 품고 분만실 밖으로 나갔다. 명은은 손이 덜덜 떨렸다. 겉으로 보아서는 평범한 출산 영상이지만, 제로에게 이야기를 들어서인지 그 모습이 너무나도 오싹하게 느껴졌다. 마치 인간 공장의 내부를 보는 느낌이었다.

"다들 죽은 거예요. 저렇게……. 전부 다 죽인 거예요."

제로가 이를 악물었다. 참으려 했지만 두 눈에 눈물이 글썽거렸다. 자신과 원, 투는 기적적으로 살아남았지만, 그러지 못한 무수한 아이들이 운명을 달리했다. 누군가의 욕심으로 이 세상에 태어났지만 부모조차 그 존재를 모르는, 이 세상에 존재했다는 흔적조차 남기지 못하고 버려진 아이들. 제로는 화를 참을 수 없었다.

"이걸로 뭘 하실 거예요?"

"가장 극적으로 퍼뜨릴 방법을 찾아야지. 이 자료들이 상당히 중요하지만, 마음만 먹으면 얼마든지 조작하고 은폐할 수 있어. 발뺌할 수 없는 증거와 함께 최적의 순간에, 최적의 장소에서 터뜨려야 녀석들을 벌할 수 있을 거야."

"발뺌할 수 없는 증거요?"

"당신과 얘."

명은과 제로는 서로를 쳐다봤다.

"아줌마 탓이 아니에요. 그런 표정 짓지 마세요."

제로는 명은의 얼굴을 보자마자 저도 모르게 그런 말이 나왔다. 그녀의 얼굴은 죄책감으로 범벅이 돼 있었다. 그 얼굴에 오랫동안 마음에 해묵은 감정들이 조금이나마 가셨다. 제로는 명은을 향한 시선을 거두고 다시 노트북 화면을 쳐다봤다. 마더가 자신을 믿고 남긴 이 진실로 뭘 해야 할지는 더 고민할 필요도 없었다.

박성호 박사의 모든 걸 무너뜨려야 했다.

***

세온 의료단지 깊숙한 곳에 자리한 분만실. 그곳에서는 막 한 생명이 탄생했지만 아무런 소리도 들리지 않았다. 아이의 생명력 가득한 울음도, 산모의 환희에 찬 인사도, 생명을 탄생시킨 의료진들의 뿌듯함 그 어느 것도 없었다.

"……."

박성호 박사는 참관실에 앉아 그 모든 상황을 내려다보고 있었다. 잠시 뒤, 간호사가 조심스레 수화기를 들었다.

"박사님, 이번에도 실패……한 거 같습니다."

수술을 집도했던 의사는 간호사가 건넨 수화기에 떨리는 목소리로 말했다.

"……처리해."

박성호 박사는 거칠게 수화기를 내려놓으며 의자에 주저앉았다. 또 실패였다. 매번 쌍둥이를 낳는 오류는 수정됐지만, 이번에는 출산을 할 때마다 아이들이 사망했다. 수술 직전 검사까지는 아무런 문제가 없었는데, 도무지 이유를 알 수 없었다.

박성호 박사는 초조하게 다리를 떨었다. 미국 VIP와의 일정은 이미 확정된 상태였다. 이제 돌이킬 수 없었다. 반드시 연구를 완성해야 했다. VIP에게까지 부작용이 있는 시술을 할 수는 없었으니까. 분명 눈앞에 있는 게 확실한데, 아주 조금만 더 하면 닿을 듯했는데, 그 조금이 모자랐다.

생애 처음으로 불안함 비슷한 게 느껴졌다. 언제 무너질지 모르는 다리 위를 위태롭게 오가는 기분이었다. 성공이 코앞이라 확신하며 자신만만하게 받아들였던 약속들이 이제는 숨통을 조였다. 자신의 것이라 여겼던 부와 권력에 짓눌렸다.

"나도 늙었군……."

박성호 박사가 자조적인 웃음을 터뜨렸다. 이런 약한 생각을 하는 게 얼마 만이지, 생각보다 훨씬 더 궁지에 몰린 모양이었다.

"박사님."

참관실의 문이 열리며 윤철이 들어왔다.

"그래. 맡긴 일은 어떻게 됐니?"

박성호 박사는 언제 그랬냐는 듯 자세를 곧추세웠다.

"그게……, 조금 더 걸릴 거 같습니다."

"걸려?"

박성호 박사의 차분한 목소리가 불쑥 솟아올랐다.

"네가 웬일이니, 이렇게 오래 걸리고."

"죄송합니다. 예상외의 상황이 자꾸 생겨서……. 혹시 몰라 분식집은 소각했습니다."

"혹시 장명은 산모에 대한 옛정이 있니?"

"아, 아닙니다."

또각또각. 구두가 대리석 바닥을 두드리는 소리가 윤철에게는 저승사자의 발걸음처럼 들렸다.

"윤철아. 이 허울뿐인 성을 벗어나 누구도 넘볼 수 없는 완벽한 성을 쌓기 위해서는 그 길에 하나의 오점도 있어서는 안 돼. 잘 아는 녀석이 왜 자꾸 나를 불안하게 만드니."

박성호 박사는 윤철을 쓰다듬었다. 더없이 부드러운 행동과 말투였지만, 윤철은 마치 머리 위로 잘 벼린 칼날이 스치는 듯했다.

"믿는다."

"네."

그 잠깐 사이에 등줄기가 온통 땀으로 젖은 듯했다. 윤철은 급히 인사를 하고 몸을 돌렸다.

"아, 잠깐."

박성호 박사가 막 참관실을 나서려는 윤철을 불러 세웠다.

"아이들 중에 하나, 이상한 아이가 있다고 하지 않았니."

그는 불현듯 윤철이 예전에 지나가듯 한 말이 떠올랐다. 유전병을 가진 돌연변이 중 아무 증상을 보이지 않는다는 아이가 있다는 말.

"예."

"어떻더니?"

"여전했습니다. 증상이 있는 다른 두 아이와 달리 멀쩡했습니다. 자세한 건 검사를 해봐야 알겠지만…… "

"그래, 확실히?"

"예."

박성호 박사는 웃음을 터뜨렸다. 왜 그 생각을 못 했을까. 전혀 예상치 못한 곳에 고민을 해결할 답이 있을지 몰랐다.

"……이거 의외로 오점이 아니라 자영이가 남긴 선물일 수 있겠구나."

"예?"

"그 아이는 살려서 데려와라, 윤철아."

윤철은 거의 아문 오른쪽 눈의 상처가 다시금 욱신거렸다. 마음 같아서는 몇 번이나 자신을 방해한 그 녀석을 찢어 죽이고 싶었다.

"……알겠지?"

그러나 이 사람을 거역할 수는 없었다. 윤철은 다시 깊이 고개를 숙였다.

14

"뉴스 못 봤어? 댁네 집이 지금 불탔단 말야. 제로가 안 데려 왔으면 당신도 거기서 같이 익었어."

"그래도 제가 가야 해요. 안 그래도 걔가 의심이 많은데, 수상한 할아버지가 가서 대뜸 달라고 하면 분명 경찰에 신고부터 할 애라고요."

"뭐, 수상?"

"예, 수상! 제가 뭐 틀린 말 했어요?"

며칠 뒤, 제로와 일행이 숨어든 지하실에선 때아닌 실랑이가 벌어졌다. 명은이 아는 사람을 통해 인슐린을 구한 것까지는 좋았는데, 그녀가 계속해서 자신이 인슐린으로 받으러 가겠다고 고집을 부렸기 때문이다.

"위험하다니까 그러네!"

"할아버지도 위험한 건 마찬가지잖아요."

"얼굴이나 관계가 노출된 댁들과 달리 나는 연결고리가 없으니 훨씬 안전하지, 여차할 때 달아나기도 댁보다 내가 수월할 테고."

"저도 달리기 잘해요."

김 사장의 계속된 만류에도 명은은 웬일인지 쉽게 고집을 꺾지 않았다.

"그럼 저도 따라갈게요."

보다 못한 제로가 둘 사이에 끼어들었다.

"넌 또 왜 그러냐!"

김 사장은 설상가상 제로까지 나간다고 하자 입에 거품을 물었다.

"제가 따라다니면서 근처에 수상한 사람이 있나 살펴볼게요. 무슨 일이 생겨도 혼자 계시는 것보다 제가 있는 게 도움이 될 거예요."

틀린 말은 아니었다. 나가지 않는 게 최선이었지만, 만일 나간다면 2인 1조로 돌아다니는 게 나았다. 그리고 제로라면 충분히 한 사람 몫을 할 아이였다.

"그래도……."

"그럼 계속 싸우실 거예요? 이럴 시간이 없어요."

제로가 얼굴을 굳혔다. 오늘 투에게 마지막 인슐린을 주사했다. 한시라도 빨리 인슐린을 확보해 둬야 안심이 됐다.

"……."

투는 부담스러운지 한쪽 구석에 우두커니 서서 그 상황을 지켜봤다.

"그러니까, 내가 가면 아무 문제 없다니까!"

"아까도 말씀드렸잖아요. 그 친구가……."

"아, 그래. 알겠어. 알아서들 해!"

억울하단 듯 가슴을 치던 김 사장은 결국 씩씩거리며 지하실을 나갔다. 명은은 제로에게 제 편을 들어줘서 고맙다는 듯 눈짓하고는 나갈 준비를 했다.

"엄마, 진짜 가야 해?"

소이는 짐을 챙기는 명은 곁에서 짜증스레 투덜거렸다. 그냥맡기면 될 걸 왜 굳이 고집을 부리는지 이해가 가지 않았다.

"그래, 소이야. 얌전히 있어."

"엄마는, 내가 애야? 엄마나 조심해. 왜 그렇게 나가려고 하는 거야!"

짐을 챙기던 손길이 멈췄다. 명은은 소이를 바라봤다. 아무리짜증을 내도 그저 사랑스럽기만 한 딸. 명은은 늘 부족한 엄마였지만 단 하나, 사랑만큼은 아낌없이 줬다고 자신했다.

"……."

그러나 다른 아이에게는 그러지 못했다. 명은은 그 영상을 본 이후로, 그리고 제로와 함께 논문을 살피면 살필수록 그 아이가 마음에 걸렸다.

"사랑해, 소이야."

명은은 소이를 꼭 껴안았다.

"뭐 하는 거야, 남들 다 보는데!"

짜증 가득한 말과 달리 붉어진 얼굴은 그리 싫어 보이지 않았다. 명은은 딸아이에게 설핏 웃어주고는 자신을 기다리는 제로와 함께 지하실을 빠져나왔다.

"잠깐!"

김 사장은 고물상을 나서려는 두 사람을 불러 세우더니, 품에서 뭔가를 꺼냈다.

"이거, 가저가쇼. 대포폰이요. 1번은 이 고물상 번호니까 무슨 일 생기면 연락해요. 그리고……."

그의 품에서 이번에는 작은 무전기 두 개가 나왔다.

"작지만 짧은 거리에선 문제없을 거요. 둘이 텔레파시로 이야기할 것도 아닌데."

"김 사장님……."

명은과 제로는 얼떨떨한 얼굴로 김 사장을 바라봤다. 신경 안 쓴다고 하긴 했지만 내심 둘이 걱정되는 모양이었다. 명은은 손에 들린 대포폰과 무전기를 바라보며 씩 웃었다.

"이건 얼마 드리면 되죠?"

"됐수다! 누굴 돈에 미친 사람으로 아나."

김 사장은 겸연쩍은지 버럭 소리를 지르고는 고물상으로 휙 들어가 버렸다. 두 사람은 그 뒷모습에 피식 웃고는 고물상을 벗어나 걸음을 옮겼다.

제로는 자신의 말대로 명은과 멀찍이 거리를 뒀다. 길에서는 신경을 쓰지 않으면 어디 있는지 알아채지 못할 정도로 멀찍이 떨어졌고, 버스를 탈 때는 일행이라고 생각할 수 없을 정도로 무심히 대했다. 오히려 명은만 어색한 시선을 던졌다. 둘은 버스를 두 번이나 갈아타고 나서야 목적지인 한 대학병원에 도착했다.

"명은아!"

김 사장이 준 대포폰으로 전화를 걸고 얼마 지나지 않아 병원에서 한 간호사가 뛰어나왔다. 간호사는 명은이 채 인사하기도 전에 그녀를 두 팔 벌려 꼭 안았다.

"이 계집애야! 왜 이렇게 오랜만에 연락했어."

"미안해. 사는 게 좀 바빠서. 잘 지냈어?"

명은은 대학 시절부터 병원을 그만두기까지 늘 함께였던 친구, 효은의 등을 어루만졌다. 소이의 일로 모든 연락을 끊고 잠적하면서, 그리고 그 이후에는 먹고살기 바빠 미처 연락하지 못했지만, 명은은 효은이라면 언제든 변함없이 자신을 반겨주리라 믿었다. 바로 지금처럼.

"나야 잘 지냈지. 너는 안 본 사이에 더 말랐다, 애. 밥은 먹고 다니는 거야?"

효은은 명은을 둘러싸고 떠들어댔을 온갖 소문을 꺼내는 대신, 평범히 안부를 물었다. 그리고 따스히 명은의 팔을 어루만졌다. 두 사람은 곧 누가 먼저랄 거 없이 울음을 터뜨렸다.

"미안해. 간만에 연락해 놓고 이런 부탁을 해서."

한참 뒤, 겨우 진정이 된 명은이 눈물을 닦으며 사과했다.

"미안하긴. 그동안 연락 못 했을 네가 더 아쉬웠을 텐데."

"하하."

오랜만에 듣는 친구의 농담에 명은은 울다 웃었다.

"이젠 계속 연락하는 거다, 알았지?"

"그럼."

"아참, 여기 네가 부탁한 거."

한참 인사를 주고받은 뒤, 효은은 가져온 가방을 건넸다. 가방 안에는 부탁한 인슐린이 가득 들어 있었다.

"남편한테 부탁해서 챙겨오기는 했는데……, 왜 필요한지는 말 못 하는 거지?"

효은은 걱정스레 명은의 안색을 살폈다.

"너나, 애 때문은 아니지?"

"……응. 병원에 가지 못하는 사람이 있어서."

"그래. 건강하다면 다행이야. 애는 잘 크고 있어?"

효은은 그제야 안심된다는 듯 웃었다.

"응. 벌써 중학생이야. 애가 얼마나 예쁘고 똑똑한지, 전교 1 등을 도맡아 한다니까."

"대박이다, 얘. 우리 애들은 벌써 대학생이야. 참, 그러고 보니 이름도 모르네. 애 이름이 뭐야?"

"한소이. 그리고……."

"그리고?"

명은은 평소처럼 소이의 자랑을 하려다 멈췄다. 입 끝에 문득 한 아이가 더 걸렸다. 그녀는 고개를 돌려 먼 벤치에 앉아 있는 제로를 곁눈질했다.

"왜 그래?"

"아, 아냐."

명은은 의아하게 자신을 보는 효은에게 대충 둘러댔다.

"미안. 근무 중 잠깐 나온 거라. 이만 들어가야겠다."

짧은 이야기를 나누고, 효은이 시계를 보며 아쉽다는 듯 일어섰다. 그러고는 봉투 하나를 꺼내 품에 찔러 넣었다.

"아니야! 괜찮아!"

"받아. 이모가 용돈 주는 거야."

효은은 거의 던지듯 봉투를 넘겼다.

"아니, 그래도……."

"괜찮아. 지금까지 한 번도 안 봤으니까 그간 돈 아꼈지, 뭐. 나 이제 들어가 봐야겠다. 또 연락하자!"

명은은 쾌활히 손을 흔들며 부리나케 달려가는 효은의 뒷모습을 봤다. 어딜 보나 늙어 버린 아줌마인 자신과 달리, 효은은 참 곱게 늙었다. 명은은 지금껏 단 한 번도 간호사를 그만둔 걸 후회하지 않았지만, 지금은 조금 아쉬웠다. 효은 옆에 함께 조잘거리며 들어가는 자신의 뒷모습이 그리던 명은은 한참이 지나서야 가방을 챙겨 병원을 벗어났다.

꼬르륵.

터덜터덜 걸어가던 명은은 걸음을 멈췄다. 이런 와중에도 뱃속은 밥을 달라고 아우성이었다. 억척스럽기까지 한 제 뱃속에 그녀는 쓴웃음이 났다. 그러고 보니 벌써 점심때였다. 가볍게 요기라도 할까 주위를 살피니 저 멀리 커다란 냉면집 하나가 보였다. 유난히 더운 날이라선지 냉면집은 바깥에서도 알 수 있을 만큼 붐볐다. 창문 너머로 시원 냉면을 들이켜는 모습을 보니 명은도 침이 고였다.

"그래. 이럴 때일수록 잘 먹어야지."

힘들 때 배가 고픈 것만큼 서러운 건 없었다. 명은은 가게에 문을 열고 들어가려다 멈칫했다. 그리고 뒤를 돌아 살폈다. 어디에 있는지 아무리 주위를 살펴도 익숙한 얼굴이 보이지 않았다. 명은은 무전기를 꺼냈다.

"제……로야."

명은은 조심스레 이름을 불렀다. 아까 미처 내뱉지 못했던 그 이름을.

"……."

무전기에선 아무 말도 들리지 않았지만, 그녀는 그 너머에 제로가 있음을 알았다.

"보고 있지? 들어와, 밥 먹자. 잠깐 정돈 괜찮아."

명은은 무전기를 집어넣고 냉면집으로 들어갔다.

"어서 오세요, 몇 분이세요?"

"두 명이요."

명은은 일부러 에어컨 바람이 잘 불어오는 자리에 앉았다. 얼마 지나지 않아 저 멀리서 걸어오는 제로가 보였다.

"들어와!"

제로는 머쓱한지 괜히 목덜미를 만지며 가게로 들어왔다.

"여기 인슐린."

"감사합니다."

제로는 가방을 받아 옆에 뒀다. 어색한 침묵, 명은이 조심스레 말문을 열었다.

"그, 친구는 인슐린은 언제부터 맞았니?"

"오래됐어요."

"그럼 벌써 내성이 생겼을 텐데. 주사로만 버티기 힘들 거야. 병원에 가서 진단은 받아봤어?"

"병원에는 못 가요. 출생신고가 안 됐거든요."

너무 자기 위주로 생각한 질문이었다. 명은은 아차 싶었다.

"밥……은 어떻게 챙겨 먹었어?"

"그냥 그때그때 마더가 사 온 걸 먹거나 즉석식품 같은 걸로 때웠어요."

"그랬구나. 그, 제로라는 이름도 김자영 선생님이 지어 줬니?"

"지었다기보다 그냥 순서예요. 영, 일, 이."

자신도 제법 기구하게 살아왔다고 생각했는데, 이 아이에 비할 바는 못 됐다. 남들이 당연히 가지는 것조차 가지지 못하고 15년을 견딘 아이, 명은은 목이 턱 막혔다.

"냉면 두 개 나왔습니다."

때마침 나온 음식이 어색해지려는 분위기를 환기시켰다. 명은은 어색하게 말을 돌렸다.

"먹자."

"잘 먹겠습니다."

명은은 양념을 제대로 섞지도 않고 면을 들어 올리는 제로를 보고는 젓가락을 받아 들었다. 그러고는 옆에 놓인 겨자와 식초를 살짝 뿌린 다음 면을 잘 풀어줬다. 살얼음 살짝 낀 육수는 보기만 해도 시원했다.

"와……!"

냉면을 한 젓가락 입에 넣자마자 제로는 감탄을 뱉었다. 안 그래도 더운 바깥을 돌아다니느라 땀이 뻘뻘 났는데, 시원한 냉면을 먹으니 살 것 같았다. 생각 같아서는 그릇째 들어 마시고 싶었지만, 명은 앞에서 게걸스러운 모습을 보여주기 싫어 필사적으로 젓가락질을 늦췄다. 그 모습에 명은의 입가에 미소가 그려졌다.

"냉면 좋아하니?"

"오늘 처음 먹어 봐요. 냉면 좋아하세요?"

"……나보다는 남편이 좋아했지."

"남편이요?"

양 볼에 가득 면을 씹던 제로의 호기심으로 눈을 빛냈다.

"어떤 분이었어요? 아빠, 아니, 소이의 아빠요……."

"멋진 사람이었어. 키도 크고, 든든하고. 젊을 적에 복싱을 했거든. 대단했어. 한때 동양 챔피언까지 했을 정도니까."

"챔피언이요? 우와! 두 분은 어떻게 만나셨는데요?"

"응급실에서. 경기 중에 머리를 다쳐서 실려 왔거든. 처음 본 순간부터 그이가 반해서 날 쫓아다녔어. 내 입으로 말하긴 부끄럽지만, 젊을 때는 좀 예뻤거든."

"그럴 거 같아요."

명은은 괜스레 기분이 좋아져 멋쩍게 웃었다. 제로는 다시 냉면을 먹는 데 집중했다. 당연히 다음 질문이 따라올 줄 알았던 그녀는 쭈뼛거리다가 지나가듯 질문을 흘렸다.

"……나는 궁금하지 않니?"

혹시 자신의 볼썽사나운 모습을 보고 실망해서 그런가, 내심 섭섭했다. 그 말에 제로가 고개를 들었다. 구슬 같이 맑간 눈동자에는 원망이나 실망, 동정 따위는 보이지 않았다.

"음, 조금 알 거 같아서요."

"어떤 사람 같은데?"

제로는 입 안 가득한 면을 우물우물 삼킨 뒤, 다시 그릇에 고개를 파묻으며 말했다.

"보통 엄마요. 따뜻한 눈길로 아이를 바라봐 주는."

"……."

허름한 옷차림으로 떡볶이를 섞거나 남편에게 얻어맞아 거리를 나뒹구는 모습 대신 제로가 본 건 그런 모습이었다. 명은은 시야가 흐려졌다. 목이 메어 도저히 냉면을 넘길 수 없었다. 화장실에서 찬물에 연거푸 얼굴을 씻고 나서야 그녀는 진정하고 다시 자리에 앉을 수 있었다. 두 사람을 그 뒤 말없이 둘만의 식사를 했다.

"잠깐 어디 들렀다 가려는데, 괜찮지?"

냉면을 먹고 가게를 나오며 명은이 말했다.

"어디로요?"

"가게."

"안 돼요! 무슨 일이 있었는지 보셨잖아요."

"지금은 한낮이야. 이런 때 무슨 짓을 하겠어. 그리고 설마 불난 집에 다시 찾아갈 거라 생각하겠니."

명은은 유난이라는 듯 손사래 쳤다.

"왜 가시려는 거예요."

"그냥……, 보고 싶어서."

명은은 말꼬리를 흐렸지만, 제로는 그 말에 많은 감정이 담겼음을 느꼈다. 어쩌면 그녀는 가게에 가려고 그렇게 고집을 부렸는지도 몰랐다.

"어차피 가는 길이긴 한데……, 금방 가셔야 해요?"

"알았어."

명은은 제로를 안심시키며 빙그레 웃었다. 그 걱정이 괜스레 기분 좋았다. 마치 든든한 아들이 생긴 것 같았다.

***

한때 소이 떡볶이가 자리했던 곳은 이제 검게 타버린 잔해만이 남아 반겼다. 명은은 주위를 감은 경고 테이프를 넘어 안으로 들어갔다. 불타 눌어붙은 조리대, 다리 한쪽만 남은 테이블, 깨진 접시……. 이젠 형체도 알아보기 힘들었지만, 명은에게는 모든 게 선명했다. 여긴 주방이 있던 자리, 여긴 소이의 방이 있던 자리…….

"휴……."

켜켜이 쌓아 온 추억이 한순간에 날아간 기분이었다. 좋은 기억은 없다고 생각했는데, 가슴에 커다란 구멍이 생긴 듯했다.

"……."

제로는 먼발치에서 명은을 안쓰럽게 바라봤다. 비록 자신은 제대로 된 집을 가져 본 적이 없었지만, 그 낡은 골방을 나설 때도 온갖 마음이 들었는데, 명은은 오죽할까 싶었다. 제로는 가만히 그녀가 마음을 추스를 때까지 기다렸다.

"범인은 꼭 범행 현장에 다시 나타난다던데, 이 경우에는 뭐라고 해야 하지?"

아니, 기다리려 했다. 별안간 뒤에서 들린 익숙한 목소리에 제로가 흠칫 놀라 고개를 돌렸다.

"그건 우리가 해야 할 말인 거 같은데. 여긴 어떻게 알고 온 거야?"

어느새 코앞까지 다가온 윤철을 보며 제로는 온몸이 굳었다.

"아, 우리한테 친절한 정보통이 있거든."

정보통? 제로는 불현듯 김 사장이 떠올랐다. 그러나 그가 거칠고 돈을 밝히긴 했지만 결코 신의를 저버릴 사람은 아님은 다른 누구보다 자신이 가장 잘 알았다. 그럼 누굴까. 제로는 잠시 고민했지만 이내 고개를 저었다. 늘 그렇듯 괜히 정신을 흔들려는 속셈이 분명했다. 제로는 이를 악물었다. 냉면집에서부터 감성적인 이야기를 나누며 경계가 누그러뜨린 게 실수였다.

"윤철아!"

명은은 조심스레 윤철을 불렀다. 분명 평소와 같은 윤철인데, 이상하게도 느낌이 전혀 달랐다. 제로에게 그런 이야기를 들어서일까, 아니면 그가 더는 본색을 숨기지 않아서일까.

"여기로 올 줄 알았어요. 누나는 늘 감상적이잖아요."

"윤철아, 너 아니지? 우리가 어떤 사인데……."

명은은 몸을 떨면서도 차분히 윤철을 설득하려 했다. 설사 모든 게 사실이더라도 자신이라면 윤철을 예전의 그로 되돌릴 수 있으리라 믿었다. 명은에게 윤철은 어린 남동생이자, 아들처럼 여기던 소중한 사람이었으니까. 윤철은 그 말에 갑자기 환한 웃음을 거두더니 절박하게 고개를 주억거렸다.

"그럼요, 누나. 저는 그냥 뉴스를 보고 누나가 걱정돼서 급히 와 본 거예요. 전화도 안 되고, 얼마나 찾았는지 몰라요."

윤철은 당장에라도 눈물을 쏟을 듯 울먹였지만, 명은은 안도하는 대신 뒷걸음질 쳤다. 그 모습에 윤철의 표정이 또 뒤바꼈다.

"킥, 안 믿을 건데 왜 그런 말을 했어요?"

"이윤철!"

제로는 윤철을 막기 위해 뛰어들었다. 그러나 그는 예상하기라도 한 듯 빠르게 몸을 틀더니 그대로 주먹으로 제로의 후두부를 후려쳤다. 머리가 터질 듯한 충격에 정신이 멍해졌다.

"애한테 함부로 손대지 마!"

순하기만 하던 윤철의 거친 모습에 명은은 비명을 지르며 제로를 감쌌다.

"얘가 누군 줄이나 알아요?"

"그래, 당연히 알지. 내 애야, 내 애라고!"

명은은 이를 드러내며 화를 냈다.

"……."

제로는 눈물이 흘렀다. 머리를 울리는 통증 때문이 아니었다. 그동안 부정당하기만 했던 자신을 처음으로 인정해 주는 그 말, 그 말이 너무나도 듣고 싶었다.

"햐, 모성애라는 게 무섭네. 15년 만에 처음 만난 애가 아들이라고 했다고 이렇게 덜컥 모성애가 생기다니. 어머니란 참 위대해."

윤철은 재밌다는 듯 손뼉을 치며 둘에게 다가갔다. 제로는 몸을 가누기 힘든 와중에도 명은을 지키며 몸을 일으켰다.

"어딜!"

윤철은 그런 제로를 발로 막으며 품에서 총을 꺼냈다. 그러나 총구가 향한 방향은 제로가 아니었다.

총구는 명은을 향해 있었다.

"반항하지 마."

제로는 심장이 내려앉는 듯했다. 자신에게 총구가 향했을 때보다 더 겁이 났다. 명은은 총을 보고는 그대로 굳었다. 총이 겨눠진 머리 쪽이 움푹 파인 듯했고, 온몸에 닭살이 쭈뼛 섰다.

"넌 운 좋은 줄 알아. 원래라면 바로 총알을 박아넣으려고 했는데, 박사님께서 좀 보자신다."

윤철은 총구를 명은의 미간에 붙였다.

"그런데 누난 아냐."

"유, 윤철아……."

"순순히 따라올 거지?"

제로는 순순히 고개를 끄덕였다. 명은의 이마에서 총을 떼게 만들 수만 있다면 악마에게 영혼이라도 팔 수 있었다.

"그럴 줄 알았어. 역시 똑똑하다니까. 자, 일어서."

제로는 명은의 부축을 받으며 천천히 일어나 윤철이 이끄는 대로 움직였다. 윤철은 명은과 어깨동무하고 총을 보이지 않게 숨겼다. 제로는 몸이 납처럼 무거워졌다. 당장에라도 뒤에서 자영 때처럼 탕, 하고 총성이 들릴 듯했다. 몇 번이나 어려움을 헤쳐나왔지만, 지금은 무언가 계책을 꾸미기는커녕 숨 쉬는 것조차 쉽지 않았다. 허튼짓하는 순간 바로 명은의 몸에 총아 구멍이 생겼으니까.

윤철이 이끄는 대로 걸어가니 골목에 주차한 검정 자동차가 보였다. 기다리고 있던 윤철의 부하는 제로에게 수갑을 채웠다.

"꼬마라고 얕봤다가 고생한 경험이 있으니. 사람은 경험에서 배우잖니."

윤철이 수갑을 툭툭 건드리며 제로를 차 안에 집어넣었다. 그리고 명은을 집어넣은 다음, 자신은 마지막으로 차에 탔다. 총은 변함없이 명은을 향하고 있었다.

"우릴 어떻게 할 거야?"

제로가 그의 주위를 돌리려 괜히 말을 걸었다.

"글쎄. 너를 어떻게 할지는 박사님께서 정하실 일이고, 다른 목격자는 죽여도 상관없지 않을까. 우린 입을 하나라도 줄이는 게 좋거든."

제로는 그 말이 가볍기는 해도 결코 거짓이 아님을 알았다. 윤철의 태도로 보아 동정도 기대할 수 없었다. 제로는 적어도 쉽게 방아쇠를 당기지 못하도록 보험을 들어놓을 필요가 있다고 생각했다.

"그렇게 하기만 해 봐. 너희들이 저지른 일이 전 세계에 퍼질 테니까."

"무슨 말이야?"

갑작스러운 말에 윤철의 미간이 구겨졌다.

"마더가 모두 건네줬어. 너희들이 저지른 추악한 짓. 숨겨뒀던 연구자료부터 실제 보고서, 영상들까지 모조리 다."

제로는 일부러 더 화를 내며 윤철을 위협했다.

"개소리 마, 그게 있었다면 진작……."

그 말이 헛된 위협인 줄 알고 비웃으려던 윤철이 문득 멈췄다. 한 가지 의문이 스쳤기 때문이다.

자영은 왜 지금에서야 아이들과 함께 해외로 떠나려 했을까.

어쩌면 지금껏 비밀을 밝힐 자료들을 차곡차곡 모아 온 건 아닐까. 그리고 마침내 그 자료를 터트릴 순간이 되자 아이들과 함께 해외로 도망치려 했던 건 아닐까. 용의주도한 자영이었으니 아무리 마음을 열었어도 김 PD에게 그런 이야기까지는 알려주지 않았을 경우도 생각해 봄 직했다. 15년 동안 우리의 눈을 피해 온 여자였다. 미련할지언정 멍청하진 않았다.

"우리 중 누구라도 사라지면 곧장 인터넷에 퍼뜨리라고 말해 뒀어."

제로는 윤철의 흔들림을 눈치채고 여지없이 그 틈을 파고들었다.

"개소리하지 마!"

윤철은 명은을 노리던 총으로 제로의 머리를 후려쳤다.

"그 자료를 가지고 나랑 거래하는 거 어때?"

제로는 피를 흘리면서도 미소 지었다. 방금까지 여유 있던 윤철의 얼굴에 초조함이 새겨졌다.

'빌어먹을…….'

윤철은 혀를 찼다. 자영은 누구보다 이 일에 깊게 관여한 사람 중 한 명이었다. 그 능력을 높이 사서, 그리고 언제라도 죽일 수 있다고 위협만 하면 쉽게 조종할 수 있을 거라 생각해 방치했는데, 이렇게 칼을 갈고 있었을 줄이야. 윤철은 심호흡하며 진정하려 애썼다. 달라진 건 없었다. 조금 더 복잡해졌지만, 해야 할 일은 달라지지 않았다. 여전히 총을 쥔 건 자신이었다.

"네가 앞으로 하는 말 중에 한마디라도 거짓이 있으면 총알이 네 머리를 뚫을 거다."

"얼마든지."

***

투는 지하실 한쪽 구석에서 침울하게 앉아 있었다.

그 누구도 투를 질책하지 않았지만, 그는 여전히 사이비들에게서 받았던 충격을 완전히 떨치지 못했다. 마침내 찾아왔다 여겼던 행복한 미래가 사라지고 다시 이런 쿰쿰한 곳에 떨어지다니, 우울함이 곰팡이처럼 속에 슬었다.

왜 자신만 이런 걸까. 오늘 두 어른이 한 말다툼만 보더라도 자신이 건강했다면 애초에 생기지도 않을 일이었다. 원도 병이 있긴 했지만 빛만 조심한다면 일상생활에 문제가 없고, 제로는 아무런 증상도 없이 건강한데, 왜 셋 중 자신만 이렇게 골칫덩이가 돼야만 하는 걸까.

"투, 괜찮아?"

그때 소이가 투의 기분을 살피며 다가왔다.

"어, 응⋯⋯."

투는 어색하게 소이를 올려다봤다. 늘 제로 아니면 원이 이야기를 도맡아 한 탓에 투는 지금껏 그녀와 말을 해본 게 손에 꼽았다.

"너희들은 항상 이렇게 있었어?"

"뭘?"

"제로는 늘 자기 하고 싶은 대로 몰아붙이며 나가고 너희만 이렇게 뒤에 남아 기다렸냐고. 아무것도 못 하는 것처럼."

"……."

투는 음울하게 고개를 파묻었다. 남에게도 자신이 그렇게 보인다는 게 서글펐다.

"우릴 바보 취급하는 거 같아서 기분 나빠. 자기만 잘난 척하는 거 같고. 동생 주제에."

"맞아."

마치 머릿속에 들어갔다 나오기라도 한 듯 자신의 생각을 꼬집는 투덜거림에 투가 고개를 들었다.

"나는 솔직히 제로의 방법이 최선인지 모르겠어. 설사 우리 사연을 모두가 알게 된다고 해도 과연 생각처럼 박성호 박사님이 무너질까? 우리가 세상에 떳떳하게 나설 수 있을까? 그저 동물원의 원숭이처럼 평생 구경거리가 될지도 몰라. 지금보다 더 비참하게. 난 솔직히 솔직히 그냥 멋진 척하고 싶어서 저러는 거 같아."

"아냐, 그래도 제로는 늘 우리를 생각해 주는걸."

잡동사니에서 주운 지혜의 고리를 만지던 원이 반론했다. 그러나 소이는 예상했다는 듯 고개를 저었다.

"솔직히 너희는 아프잖아. 제로는 멀쩡하고. 셋 중에 자기만 건강한데 그 정돈 당연히 해야지. 너희들, 요즘 제로가 뭘 하고 있는지는 알아?"

"몰라."

원과 투가 천천히 고개를 저었다. 제로는 요즘 들어 둘보다 어른들과 함께 있는 시간이 많았다. 사실 약간 소외당하는 느낌을 받고 있긴 했다.

"그것 봐. 말만 다 같이 간다고 하지, 그냥 너희들은 뒷전이고 자기 하고 싶은 대로 하잖아."

"그럼 넌 우리가 어떻게 했으면 좋겠는데?"

투가 눈을 빛내며 물었다. 늘 중립적인 원 사이에서 자신만 나쁜 사람이 된 것 같았는데, 이렇게 자신의 의견에 동조하는 사람을 만나 기뻤다.

"난 차라리 박성호 박사님과 거래하는 게 맞다고 생각해. 솔직히 우리 같은 일반인이 떠들어 봤자 박사님한테 흠집이나 나겠냐고. 차라리 우리가 세상에 절대로 우리 사연을 밝히지 않는다 맹세하고 박성호 박사님 밑으로 들어가는 게 모두에게 좋은 일 아닐까. 그리고 혹시 알아? 박성호 박사가 몇 년 뒤에는 정말

연구에 성공해 태어날 아이들뿐만 아니라 너희들 병까지 고쳐
줄지?"

"정말?"

"그렇게 될까?"

자신들의 병을 고칠 수 있다는 말에 원과 투가 반색했다.

"너희들은 잘 모르겠지만, 박성호 박사는 전 세계적으로 알아
주는 분이야. 그분만큼 똑똑하고 뛰어난 사람은 없다고. 만약 그
분이 할 수 없다면 나는 아무도 할 수 없다고 봐."

투가 한결 홀가분한 얼굴로 소이를 쳐다봤다. 짧은 시간이지
만 이야기를 나누다 보니 마음의 짐이 가신 모양이었다.

"너는 제로랑 쌍둥이 안 같아."

"쌍둥이라고 다 닮지는 않지."

귀엽게 입을 삐죽이고 툴툴거리는 소이를 보며 투가 웃음을
터뜨렸다.

"고마워. 덕분에 기분이 좀 나아진 거 같아."

"정말?"

"응. 내 말에 편들어 주는 사람은 잘 없었거든."

소이는 해사하게 웃으며 투를 마주 봤다.

"이 정도야 얼마든지 해 줄 수 있지."

투는 언젠가 이 지하실을 벗어나 소이와 함께 행복하게 지낸
다면 좋겠다는 생각이 들었다.

"응?"

"투, 왜 그래?"

그러나 그 생각은 갑작스럽게 들린 소리에 흩어졌다. 저 멀리서 자동차 여러 대가 멈추는 소리와 함께 십수 명의 사람들이 우르르 내려 고물상으로 다가오는 소리가 들렸다. 얼마 지나지 않아 그 소리는 원과 소이도 들을 수 있을 정도로 가까워졌다.

"그러면, 투."

소이가 별안간 자리에서 일어나더니 해사한 웃음을 터뜨리며 투를 돌아봤다.

"내가 너한테 그랬듯이 너도 나중에 내 편이 되어 줘야 해, 알겠지?"

지하실의 문이 열리며 빛이 새어 들어왔다. 투는 그 빛이 마치 소이를 비추는 후광처럼 보였다.

4장

DISAGREE

15

똑, 똑.

조용한 수술실 안, 주사액이 떨어지는 소리가 유난히 크게 들린다. 수술 담당의는 보조의를 지도하며 절개한 산모의 복부에 손을 집어넣는다. 곧이어 자궁에서 아이가 나오고, 아이를 받은 간호사가 조치에 아이는 곧 자지러지는 울음을 터뜨린다. 그리고 이내 두 번째 아이가 나온다. 첫째와 달리 울지 않는 아이, 아이는 마치 쓰레기처럼 간호사의 손에 들린다. 첫째와 쏙 빼닮은 남자아이. 그러나 전신마취로 잠든 산모는 자신에게 둘째가 있다는 사실을 꿈에도 알지 못한다.

"헉……."

명은은 뺨에 느껴지는 차디찬 바닥의 감촉에 눈을 떴다. 머리가 깨질 듯했다. 그녀는 가까스로 자신이 차에서 약으로 잠재워졌던 걸 떠올렸다. 팔이 묶여 있는지 몸이 마음먹은 대로 잘 움직여지지 않았다. 다행히 얼마 떨어지지 않은 곳에 제로가 쓰러져 있는 게 보였다.

"제, 제로야!"

"으음……."

자신을 부르는 애타는 목소리에 제로도 곧 정신을 차렸다.

"정신이 드니?"

"여, 여긴 어디예요……."

"나도 모르겠어, 아마……, 세온 의료단지 안이 아닐까?"

"잠깐만요, 누가 오나 봐요."

제로가 명은의 말을 끊었다. 문밖에서 커다란 구두 소리가 들렸다. 둘은 긴장한 채 귀를 쫑긋했다.

"장명은 산모님. 오랜만입니다."

문이 열리며 들어온 건 박성호 박사와 윤철이었다. 박사의 옆에 선 윤철은 평소의 시건방진 모습이 아닌 얌전한 고양이가 돼 다소곳이 서 있었다.

"……."

제로는 박성호 박사의 얼굴을 뚫어지게 쳐다봤다. 기사 사진이나 강연 영상을 통해 보긴 했지만, 실제로 마주한 그는 전혀 달랐다. 영상과 사진에서는 인자하고 부드러운 느낌을 주던 것과 달리, 실제 마주한 박성호 박사는 마치 호랑이 같은 위압감을

뽐었다. 풍채가 큰 것도, 얼굴이 험악한 것도 아니었지만, 그에게는 숨길 수 없는 아우라가 있었다.

"박성호 이 개새끼!"

그런 그를 향해 명은이 목이 찢어져라 절규했다. 한때는 자신에게 유일한 희망을 가져다준 신이라 여겼는데, 사실은 신이 아니라 신의 탈을 쓴 악마였다. 그 악마와의 계약으로 인해 아무것도 모르는 아이가 15년을 괴롭게 지내야 했다.

"의외로 무모한 면이 있으시군요."

박성호 박사가 웃으며 손짓하자 윤철이 재빨리 의자를 가져다 댔다. 박사는 의자에 앉아 다리를 꼬았다.

"그래, 재미난 걸 가지고 있다고?"

"당신이 박성호 박사야?"

"이 새끼가! 어디서 입을 함부로!"

윤철은 당장에라도 죽일 듯 몸을 부풀렸지만, 박성호 박사가 손을 들어 그를 말렸다.

"그래. 내가 박성호라네, 이름이 제로……라지?"

"그래. 네가 버린 생명 중 하나다."

박성호 박사가 그 말에 빙그레 미소 지었다.

"생명이 아니지. 아무도 바란 게 아니었으니까. 자넨 그저 티눈이나 사마귀처럼 떼어 낼 존재일 뿐이야."

박성호 박사의 얼굴에는 인간이라면 당연히 느껴야 할 조금의 가책도 보이지 않았다. 제로는 그제야 그를 이해할 수 있었다. 그는 자신을 생명으로조차도 보지 않았다. 그래서 그 모든 일을 태연히 저지를 수 있었던 거였다. 제로는 금방이라도 살갗을 뚫고 삐져나올 듯한 화를 가라앉혔다. 지금은 침착해야 했다.

"그래. 당신이 사마귀처럼 무참히 떼어 낸 생명들, 그 생명들을 어떻게 했고, 그 사실을 알면서도 어떻게 감췄는지에 대한 모든 자료가 있어. 거래하자."

"그래, 뭘 원하지?"

박성호 박사가 자세를 곧추세웠다.

"자료를 넘기는 대신 우리의 안전을 보장해 줘. 누구에게도, 어떤 말도 하지 않을게. 평생 지금처럼 입 닫고 아무도 모른 채 살아갈게. 원한다면 감시해도 좋아. 당신으로서는 아쉬울 게 없는 일이잖아. 약점이 저절로 없어지겠다는데. 그 정도 자비는 베풀 수 있잖아."

"제로!"

명은이 놀라 소리쳤다. 그 자료는 자신들의 주장을 입증하기 꼭 필요한 자료들이었다. 명은은 괜한 자만심으로 경거망동한 걸 후회했다. 이게 다 자신 때문이었다.

"흠……."

"잘 생각하도록 해. 우리 중 누군가가 사라지면 바로 인터넷과 전 세계 방송국, 언론사 등에 퍼지도록 조치해 놨으니까."

명은은 새삼 제로가 존경스러웠다. 저 아이는 미리 이런 상황까지 예측한 걸까. 하지만 그런 그녀와 달리 박성호 박사는 전혀 놀란 기색이 없었다. 그저 아이와 재미난 놀이를 하는 얼굴이었다.

"그래……. 근데 나한텐 불리한 거래인데?"

"뭐라고?"

제로의 얼굴에 당황한 기색이 스쳤다. 어째서 저렇게 태연한 걸까. 이 자료가 알려진다면 그전까지 그에게 향하던 칭송이 모두 비난으로 바뀔 건 틀림이 없었다. 비록 자신들이 나섰을 때만큼의 파급력은 없겠지만, 이렇게 태연히 넘길 만한 건 아니었다.

"그 자료가 하나뿐이라고 어떻게 장담하지?"

"뭐?"

"그리고 너희들이 평생 말하지 않을 거라는 건 또 어떻게 장담하고? 다음에 누군가가 비밀을 밝히라며 지금과 같은 상황에 빠뜨렸을 때, 자네는 그때도 말하지 않을 거라 확신할 수 있나? 확실히 그 자료가 치명적이긴 하지만, 그 정도는 얼마든지 앙심을 품은 직원이 조작한 자료라고 둘러댈 수 있어."

박성호 박사는 생각보다 훨씬 더 고단수였다. 오히려 스스로 호랑이 입에 들어온 꼴이었다.

"내 가장 큰 위협은 바로 너희들이야. 그 자료가 진짜라고 증명할 수 있는 증거인 너희들. 나로서는 여기서 너와 네 친구들을 처리하는 게 최선의 행동이라고 생각하는데.”

“친구? 그게 무슨⋯⋯.”

영문을 몰라 되묻던 제로는 문이 열리며 들어오는 사람들을 보고서는 눈을 동그랗게 떴다. 검은 정장을 입은 남자들에 이끌려 원, 투, 그리고 소이가 들어왔기 때문이다.

“원, 투!”

“제로!”

“고물상 주인은 어떻게 눈치챘는지 이미 그곳을 떠나고 없었습니다.”

“됐네. 그깟 늙은이 하나가 뭘 할 수 있겠어.”

박성호 박사가 득의양양한 미소를 지으며 제로를 내려다봤다.

“내 이야기가 이제 이해가 가나?”

제로는 이를 악물며 소리쳤다.

“언제까지 연구 오류를 숨기며 살 수 있을 거라 생각해?”

“그럴 필요가 없지. 자네 덕분에.”

“뭐?”

“자네 말처럼 우리가 한동안 일이 풀리지 않아 좀 고생하고 있었지. 근데 눈여겨보지 않은 곳에 의외의 정답이 있지 뭔가.”

박성호 박사가 자리에서 일어나 제로에게 다가갔다. 그리고 쓰러져 있던 제로의 머리를 잡아 눈을 맞췄다.

“유전병을 가진 돌연변이로 태어났음에도 그 증상이 사라진 제로 군. 자네의 몸속에 내가 찾던 답이 있지 않을까?"

광기와 욕심으로 번들거리는 눈을 보며 제로는 온몸에 소름이 돋았다. 지금껏 그만큼 순수한 악의와 욕망으로 번들거리는 눈을 본 적이 없었다.

"그 답만 찾으면 이제 자네 같은 아이들이 나올 일도 없겠지. 그러니 자네들 셋만 없애면 이제 '그 일'에 대한 증거는 어디에도 없는 거야."

"이 쓰레기 같은 놈! 부끄럽지도 않아?"

어쩜 저렇게 뻔뻔하고 잔인하단 말인가. 명은은 같은 어른으로서 부끄러웠다. 아이들은 그저 살고 싶을 뿐인데, 그 작은 동정조차 줄 수 없다는 말인가. 명은은 도움을 바라는 눈빛으로 뒤에 선 윤철을 봤지만, 그의 얼굴에는 아무런 감정이 깃들어 있지 않았다. 박성호 박사는 슬슬 질린다는 듯 몸을 일으켰다.

"이야기는 이쯤 하면 됐다. 제로 군은 C동 연구실로, 나머지는 E동으로 옮기도록. 그래도 이만큼 성장한 표본은 처음이니까 두 녀석도 꼼꼼히 살펴봐야지."

"이거 놔!"

원과 투는 남자들의 손에서 벗어나려 몸부림쳤지만, 쉽지 않았다. 투는 도움을 바라는 듯 소이를 흘깃 바라봤지만, 그녀는 그 모습을 가만히 쳐다보기만 할 뿐이었다.

"아참. 잊을 뻔했네. 소이 양?"

방을 나서려던 박성호 박사는 문득 떠오른 듯 뒤를 돌아봤다.

"네."

소이가 한 발짝 앞으로 걸어 나갔다. 남자들은 소이는 막지 않았다.

"소, 소이야?"

명은이 어리둥절한 얼굴로 소이를 불렀다. 눈앞에 있는 건 분명 제 딸 소이가 맞는데, 소이가 아닌 것 같았다. 명은은 집을 나서기 전, 어둠 속에서 느꼈던 오싹함이 다시 한번 온몸을 휘감는 걸 느꼈다.

"부탁한 자료는 챙겨왔나요?

"네, 박사님."

소이가 품에서 십자가 USB를 꺼내 박성호 박사에게 건넸다.

"한······소이."

소이는 웃으며 제로를 내려다봤다. 그녀는 처음부터 박성호 박사의 편에 붙을 생각이었다. 자신의 비밀에 대해 알기 위해 제로를 찾았고, 엉겁결에 도와주기까지 했지만, 박성호 박사와 척을 질 생각은 추호도 없었다. 동생이라고 해 봤자 15년 만에 처음 만난 남이나 다름없는데, 괜한 피해를 입고 싶지 않았다.

고작 어린아이가 박성호 박사를, 세온을 상대로 이길 수 있을 리 없었다. 설사 이기더라도 자신에겐 남는 게 없었다. 그저 거지 동생이 하나 더 생기고, 안 그래도 가난하던 집이 더 가난해

질 뿐이었다. 그래서 소이는 잡혔을 때부터 지금까지 은밀히 윤철과 연락하며 자신이 아는 모든 걸 알렸다. 자신과 엄마의 목숨을 구걸하기 위해.

"윤철이한테 이야기 들었어요. 소이 양의 도움이 없었더라면 일이 훨씬 복잡해질 뻔했어요. 우리 세온 재단 장학생이랬죠?"

박성호 박사는 부드럽게 웃으며 소이의 어깨에 손을 올렸다.

"이후의 장래에 대해서 생각해 본 적이 있나요?"

"저는 유전공학자가 되는 게 꿈이에요. 박사님 같은."

소이는 이 순간이 꿈만 같았다. 언젠가 박성호 박사가 자신의 진가를 알아주고, 그와 함께 이야기를 나누는 날을 꿈꿨는데, 그게 바로 지금 눈앞에 일어나고 있었다.

"훌륭하군요. 나중에 같이 이야기 나눠요. 내가 도울 일이 있을 것 같군요. 아, 소이 양 어머니는 잠깐 따로 모셔도 될까요? 설득에 시간이 필요할 거 같아서."

"어쩔 수 없죠."

소이는 어깨를 으쓱하며 명은을 외면했다. 큰 눈망울 가득 눈물이 고인 명은은 배신당했다는 얼굴을 하고 있었다. 저 순한 눈망울. 소이는 자신이 나쁜 짓이라도 한 듯 바라보는 그 눈이 짜증 났다. 언제쯤 이게 둘을 위한 일이었음을 알아줄까.

"나머지는 네가 정리해라 윤철아. 난 준비할 게 있어 먼저 가마."

"박성호!"

제로는 소리치며 몸부림쳤다. 박사는 뒤도 돌아보지 않고 방을 나섰다.

"내가 함부로 입 놀리지 말랬지?"

"컥!"

윤철은 박사가 나가자마자 곧장 제로의 턱을 올려 찼다. 제로가 큰 원을 그리며 바닥에 나뒹굴었다.

"김자영 죽일 때 애들 교육 좀 잘 시키지 그랬냐고 한 소리 했어야 했는데."

"너, 이……, 개새끼."

윤철의 입에서 자영의 이름이 튀어나온 순간 세 아이의 눈에서 불꽃이 튀었다. 자영을 죽인 사람이 바로 눈앞에 있었다. 투는 눈물범벅이 돼 다리를 휘저었고, 원은 지금껏 본 적 없는 화난 얼굴로 악을 썼다.

"네가 마더를 죽였지!"

원은 자신을 붙잡은 남자들을 뿌리치더니 손을 묶은 수갑까지 끊어 버렸다. 그리고 고함을 지르며 윤철에게 달려들었다.

"이 새끼들아, 내가 잘 묶으라고 했지?"

윤철은 원을 피해 고꾸라지며 총을 빼 들었다.

"원!"

쓰러져 있던 제로는 총을 보자마자 필사적으로 몸을 일으켜 원을 밀쳤다. 그리고 동시에 제로 자신도 무언가에 밀쳐져 원과 함께 균형을 잃고 쓰러졌다.

"어……."

고개를 든 제로는 눈앞에 일어난 상황이 이해가 가지 않았다. 그러나 눈에는 저도 모르게 눈물이 고이고, 눈앞이 흐려졌다. 명은이 천천히 쓰러졌다.

"엄마!"

소이가 비명을 지르며 명은에게 다가갔다. 제로도 기어가다시피 가 명은을 살폈다. 가슴께에 생긴 구멍에서 피가 분수처럼 나왔다.

"엄마, 엄마!"

제로는 자기도 모르게 명은을 엄마라고 불렀다. 지금껏 단 한 번도 부르지 못한 그 말을 넋 놓아 불렀다. 소이는 손으로 상처를 막으려 했지만 작은 손만 붉게 물들 뿐이었다.

명은은 두 아이를 번갈아 보며 입가를 비틀어 미소 비슷한 걸 지었다.

"우리 아들……."

그녀가 제로를 향해 천천히 손을 들어 올렸지만, 떨리는 손은 아들의 뺨에 닿지 못하고 힘없이 떨어졌다.

"마취총, 마취총을 쏴!"

윤철의 목소리가 물속에서 들리듯 아득하게 들렸다. 곧 등 쪽에 무언가 박히는 듯한 느낌이 나더니 눈앞이 흐려졌다. 눈을 뜨기보다 차라리 감기를 택하며 제로는 간절히 빌었다.

눈을 떴을 때 이 모든 게 꿈이기를.

***

"실례지만 미리 소이 양을 조사했어요. 학교뿐만 아니라 장학재단에서도 기대하는 학생이더군요."

박성호 박사가 커피잔을 들어 향을 음미했다. 지금껏 꿈도 꿀수 없었던 값비싼 찻잔, 그러나 이제 그 찻잔이 소이의 손에도들려 있었다.

"소이 양의 재능을 이대로 썩히기는 아까워요. 제가 도와주죠. 미국 쪽에 저와 연이 깊은 학교가 있습니다. 그쪽에 추천장을 써주겠습니다. 큰 물고기는 큰물에서 놀아야 하는 법이에요."

"……."

소이는 박성호 박사의 말을 들으며 말없이 찻잔을 들어 입에가져다 댔다. 마트에서 파는 싸구려 코코아가 아닌 질 좋은 단맛이 입 안 가득 퍼졌다.

"어머님께 일어난 사고는 유감입니다. 소이 양."

소이는 찻잔을 내려놓고, 박성호 박사를 마주했다.

"어머니의 장례는 우리가 전부 도와드리겠습니다. 비용도 포함해서."

소이는 유감이라는 듯 침통해하는 박사의 말과 행동이 꼭 TV 속 정치인들이 하는 쇼맨십처럼 느껴졌다. 하지만 상관없었다. 박사도 소이가 진심으로 믿어 주기를 바라고 한 행동은 아닌 듯했다.

"제로……는 어떻게 되나요?"

시종일관 침묵만 지키던 소이가 마침내 입을 열었다. 그녀의 인형 같은 얼굴에 옅은 균열이 생겼다.

"제로 군은 여러 실험에 참여할 예정입니다. 이 연구가 인류에게 얼마나 중요한 일인지 소이 양이라면 이해하겠죠?"

박성호 박사는 태연한 얼굴로 커피를 음미했지만, 두 눈은 매섭게 소이를 꿰뚫었다. 동의를 구하는 무언의 눈빛. 소이는 작게 고개를 끄덕였다. 박사는 그제야 만족스러운 미소를 지으며 자리에서 일어났다.

"그럼 쉬어요."

박성호 박사는 소이의 어깨를 두어 번 두드리고는, 윤철과 함께 소이의 방을 빠져나왔다.

"저 아이도 제거하는 게 좋지 않을까요?"

윤철이 방을 나오자마자 작게 속삭였다. 엄마를 잃은 소이가 돌발 행동이라도 할까 걱정하는 눈치였다.

"아니, 그 아이의 눈을 못 봤니?"

박성호 박사가 그답지 않게 눈을 동그랗게 떴다. 윤철이 그런 말을 할지 몰랐다는 얼굴이었다. 윤철이 어리둥절해하며 고개를 끄덕이자 박사는 너털웃음을 터뜨리며 윤철의 등을 두드렸다.

"하하하. 그래. 자기가 알 수는 없겠지. 난 아까 저 아이를 보며 널 처음 봤을 때를 떠올렸단다. 야망에 가득 찬 눈. 저런 눈을 한 사람은 내치기보다는 내 편으로 만들어야 하는 거야. 윤철이 너처럼 말이다."

부드럽게 등을 토닥이며 웃는 박성호 박사의 말에 윤철이 머쓱하다는 듯 웃음을 터뜨렸다. 평소 그에게서 볼 수 없었던 따스한 웃음이었다.

"똑똑하기도 하니 어쩌면 자영이의 자리를 대신할 인재가 될 수도 있지 않겠니. 연구가 완성되면 지금보다 훨씬 바빠질 텐데 한 명이라도 유능한 인재를 확보해야지."

"알겠습니다."

윤철은 박사의 혜안에 깊이 고개를 숙이며 그를 따랐다.

"……."

박성호 박사가 방을 나간 뒤, 소이는 식은 코코아를 한 모금 마셨다. 분명 입 안에 가득한 맛은 달콤함인데, 어쩐지 씁쓸하게 느껴졌다.

엄마가 사라진다면 한편으로는 홀가분하지 않을까 상상했던 적이 있었다. 상상 속 자신은 분명 자신을 위한답시고 일을 저질러 놓고, 오히려 자신을 괴롭히고 짜증 나게만 만드는 엄마의 빈자리를 조금은 기뻐했었다. 그런데…….

소이의 뺨을 타고 흐른 눈물 한 방울이 코코아에 떨어졌다.

"바보 같아……."

소이는 슬픔이 흐른 궤적을 닦아냈다. 이제 더는 슬플 일이 없을 거라 생각했다. 박성호 박사의 신임을 얻어 그토록 바라던, 위로 오르는 엘리베이터에 탑승했으니까. 그런데 자꾸만 가슴을 찌르는 이 아픔은 뭘까.

"뭐 뭐야?"

삐익, 삐익!

한참 상념에 사로잡힌 그 순간, 갑자기 연구동 전체에 경보 알람이 울렸다. 소이는 무슨 일이 일어났는지 몰라 잠시 갈팡질팡했지만, 이내 마음을 굳힌 듯 자리에서 일어나 문을 열었다.

16

몸이 공중으로 떠올랐다 가라앉았다.

어떨 때는 불 속에 빠져 뼈까지 타오르는 고통을 느끼다가도, 또 어떨 때는 아무것도 느껴지지 않는 어둠 속을 홀로 유영했다. 이따금 눈을 뜰 때마다 하얀 천장과 가운을 입은 사람들이 보였지만, 보임을 인지하기도 전에 다시 의식을 잃었다. 얼마만큼 시간이 흘렀는지, 자신이 어떻게 됐는지 전혀 가늠할 수 없었다. 깊은 수면 아래서 뇌가 녹아 흐물흐물해진 기분이었다. 어쩌면 몸 전체가 녹은지도 몰랐다. 제로는 점차 마음이 편해졌다. 이대로 모든 걸 잊어도 좋지 않을까, 그런 생각이 들기도 했다.

모든 걸?

여러 갈래로 흩어지던 제로가 다시 한 점으로 뭉쳤다. 자영과 명은. 그 죽음을 잊는다고? 아무것도 아닌 걸로 둔다고? 절대 그럴 수 없었다. 발버둥 치며 녹아 버린 자신을 굳히려, 스스로를 잃지 않으려 필사적으로 애썼다.

로⋯⋯야!

그때 저 멀리 자신을 향해 뻗어진 손이 보였다. 제로는 필사적으로 팔을 뻗어 그 손을 맞잡았다.

"이봐, 안 일어나잖아! 제대로 투약한 거 맞아?"

"마, 맞습니다⋯⋯."

제로는 눈을 떴다가 동공에 들이닥치는 환한 빛에 눈을 질끈 감았다. 귀마개를 낀 듯 들리던 소리가 점점 선명해졌다. 천천히 다시 눈을 뜨니 두 눈에 칼을 들고 다른 연구원을 협박하는 익숙한 실루엣이 보였다. 제로가 힘겹게 입술을 달싹였다.

"김⋯⋯, 사장님."

"제로! 정신이 드냐? 몸은 어때."

갈라지는 목소리에 김 사장이 연구원을 내팽개치며 다급히 뛰어왔다.

"⋯⋯늦었네요."

"자식이 하여튼 간에!"

김 사장은 눈을 뜨자마자 질책부터 하는 제로의 말에 웃음을 터뜨렸다. 그의 거친 눈가가 촉촉했다. 김 사장은 검게 염색한 머리칼을 여보란 듯 흔들며 제로를 일으켰다.

"네 계획대로 준비하느라 좀 늦었다."

"요 여우 같은 녀석."

김 사장은 고물상에서 제법 떨어진 곳에 SUV를 주차하고 CCTV 영상을 보고 있었다. 화면에 남자들에게 잡혀가는 원과 투, 그리고 그 뒤를 따라가는 소이의 모습이 보였다. 소이는 이 제 숨기지도 않고 금이 간 휴대전화로 어딘가에 연락하며 노트 북에 꽂힌 십자가 USB를 챙겼다.

모두 제로의 계획대로 흘러가고 있었다. 김 사장은 며칠 전 제로와 나누었던 대화를 떠올렸다.

"박성호 박사를 직접 만나겠다고?"

"네."

"왜?"

잠을 못 자더니 정신이 나갔나, 김 사장은 뚱딴지같은 말에 되물었다.

"자료를 살펴보는데요. 이걸로는 약할 거 같아요. 피해는 줄 수 있지만 치명상은 줄 수 없어요."

"그 정도면 되는 거 아니냐."

김 사장은 이해가 안 됐다. 자신이 보기엔 세계가 발칵 뒤집 힐 자료였다. 그러나 제로는 고개를 가로저었다.

"긴 싸움이 될 거예요. 끝을 보기 전에 대부분이 지쳐 쓰러질

만큼요. 신념이란 건 본인이 결부됐을 때나 단단해지는 거잖아요. 분명 처음에나 호응하지 얼마 안 가 까맣게 잊을 거예요. 지금껏 많은 일들이 그랬듯이."

김 사장은 제로의 깊은 생각에 깜짝 놀랐다. 원래도 똑똑했지만 요 며칠 사이에 십여 년은 훌쩍 자란 느낌이었다.

"근본적인 걸 없애고 싶어요. 박성호 박사와 그 연구실, 모든 걸요."

"박성호를 직접 만나 결판이라도 내겠다는 거냐?"

제로가 고개를 끄덕였다. 그 진지한 표정에서 단순히 어린아이의 치기로 하는 말이 아님을 알 수 있었다.

"그 사람을 절대 용서할 수 없어요. 살아 있으면 언제든 똑같은 짓을 저지를 거예요."

"죽일 거냐?"

"……모르겠어요."

제로에게 박성호 박사는 자영을 죽이고 자신의 목숨도 앗아가려 하는 원수나 마찬가지였다. 그럼에도 쉽게 죽인다는 말을 담을 수 없었다. 그런 말을 쉽게 한다면 자신도 박성호 박사나 윤철과 같은 사람이 될 것만 같았다.

통통통!

"누구냐?"

그 순간, 누군가가 지하실의 문을 두드렸다. 문을 여니 투가 엉거주춤 서 있었다.

"투, 무슨 일이야?"

"제로, 잠깐 이야기할 수 있을까?"

제로는 평소답지 않은 모습에 의아해하며 투를 지하실에서 빼냈다. 그는 잠시 할 말이 있다고 하더니, 제로와 김 사장을 억지로 바깥으로 데리고 나온 뒤에야 입을 열었다.

"소이가 휴대전화를 가지고 있다고?"

투는 소이가 휴대전화를 가지고 있다고 말했다. 몰래 한다고 했지만, 귀가 예민한 투는 소이가 몰래 화장실에 들어가 문자를 보내는 걸 알아챘다는 것이다.

"분명 그때 내가 받아뒀는데."

"하나를 더 숨겨 왔나 봐요. 밤마다 휴대전화를 두드리는 소리가 들려. 문자 보내나 봐."

"남자 친구라도 있나?"

김 사장은 조금 짜증을 내긴 했지만, 대수롭지 않게 넘기려 했다. 그 나이대의 아이들은 으레 그렇게 반항하고는 하니까. 그러나 제로의 생각은 달랐다.

"이상한걸. 그때 이후로 묘하게 얌전한 것도 그렇고."

제로는 소이가 무언가를 감추고 있음을 진작부터 알아채고 있었다. 자신을 믿지 않고 거리를 두는 몸짓이 너무나도 잘 느껴졌다. 그래서 제로는 자료를 살피는 일도 일부러 소이를 빼고 진행하고 있었다.

그러나 진작부터 염려하고 있었음에도 제로는 지금껏 소이에게 직접적인 행동을 하진 않았다. 가족을 의심하고 싶지는 않았으니까. 하지만 이번에는 이야기가 달랐다. 제로는 어떻게 하면 소이에게 들키지 않고 그 속내를 알 수 있을까 궁리했다.

"맞아. 투, 너라면 혹시 소이가 어떤 내용을 보냈는지 알 수 있지 않을까?"

한참 고민하던 제로는 좋은 생각이 떠오른 듯 손뼉을 쳤다.

"어떻게?"

"소리로."

제로의 말은 휴대전화 화면을 눌렀을 때 나는 소리로 문자 내용을 유추하자는 거였다.

"아서라. 사람이 기계도 아니고 어떻게 안단 말이냐."

"아녜요. 투만큼 귀가 좋은 사람은 본 적이 없어요. 가능할 거예요."

김 사장은 코웃음 쳤지만, 제로는 진지했다. 절대로 농담이나 도박이 아니었다.

"잘 될지는 모르겠지만, 한번 해볼게."

김 사장과 마찬가지로 자신 없는 표정을 짓던 투는 제로의 말에 용기를 얻었는지 김 사장이 건넨 휴대전화를 받아 들었다.

"……"

잠시 휴대전화를 살피던 투는 이내 눈을 감고 자신이 기억하는 소리를 한 자 한 자 입력했다. 그리고 놀랍게도 휴대전화 화면에는 투의 손길에 따라 문장이 만들어졌다.

"히야, 절대음감이네. 음악 쪽으로 나가면 성공하겠어."

처음에는 허튼짓이라 여기던 김 사장도 점점 화면에 완성되는 글을 보며 감탄을 금치 못했다. 잠시 뒤, 투는 마지막 마침표를 찍고 휴대전화를 둘에게 건넸다.

"이게 정말이냐?"

"하……."

투가 내민 문자를 보며 제로와 김 사장은 할 말을 잃었다. 소이가 적은 문자는 다름 아닌 윤철에게 자신들의 위치와 계획 등을 보낸 문자였기 때문이다. 몇몇 빈 부분이 있었지만, 어떤 내용을 보냈는지 확인하기에는 무리가 없었다.

"전부 기억나지는 않지만, 제가 기억하고 있는 소리는 다 옮겨 적었어요."

"모두 깨워라. 당장 걔를 내쫓고 움직여야 해."

김 사장은 험상궂은 얼굴로 씩씩거렸다.

"잠시만요!"

제로는 지하실로 달려가려는 김 사장을 가까스로 붙잡았다.

"뭐냐?"

"잘하면 이걸 역이용할 수 있지 않을까요?"

잠시 멍한 표정을 짓던 김 사장은 이내 제로의 말뜻을 깨닫고 경악했다.

"정말 만나겠다고? 아서라! 아무리 잘나 봤자 꼬마인 네가 뭘 할 수 있는데."

"혼자서는 못 하죠. 김 사장님이 도와주셔야 해요."

제로의 얼굴은 자신감이 넘쳤다. 뭔가 계획이 있는 모양이었다. 한참을 어쩔 줄 몰라 하던 김 사장은 결국 질린다는 듯 한숨을 내쉬며 거칠게 흙바닥을 찼다.

"아주 뽑아먹을 대로 뽑아먹는구나. 나중에 갚으려면 고생 좀 해야 할 게다."

제로는 김 사장에게 감사를 표한 뒤 투를 돌아봤다.

"투, 그리고 너한테 부탁이 있어."

"뭔데?"

"너는 내가 말할 때까지 이 이야기를 아무한테도 하지 말아 줘. 그리고 소이가 하자는 대로 맞춰 줘."

"왜?"

"분명 혼자 고립되지 않도록 자기편을 만들려고 할 테니까. 난 그걸 이용할 거야. 그리고……"

제로는 뒤를 돌아 불 켜진 건물, 그 아래 잠들어 있을 명은을 떠올렸다.

"난 소이가 변할 거라고 믿고 싶어."

"다른 아이들은 다 무사하냐?"

김 사장의 손에 의지해 몸을 일으키면서 제로는 점점 몸과 정신이 선명해짐을 느꼈다.

"예. 예상대로 바로 죽이지 않고 살려뒀어요."

'대단한 녀석.'

김 사장은 설마 했지만, 모든 게 계획대로 움직여지는 상황에 감탄을 금치 못했다. 명은과 효은의 관계를 알고 명은이 밖을 나가리라 짐작한 것부터, 일부러 고물상을 덮치기 좋은 날을 만들어 그날 미리 김 사장을 밖으로 빼낸 것, 그리고 세온 의료단지의 의료폐기물을 처리하는 업체를 알아내 김 사장을 업체 직원으로 꾸며 세온 의료단지로 침투시킨 일까지, 모든 게 순조롭게 풀려갔다. 이제 이대로 세온 의료단지를 빠져나가기만 하면 됐다.

"네 엄마는?"

"……."

신이 나 묻는 김 사장의 말에 제로의 표정이 굳어졌다. 피가 끊임없이 솟아오르는 상처, 자신을 향해 뻗던 손, 그리고 아들이라 부르던 따뜻한 목소리. 눈물이 굳은 얼굴을 타고 흘렀다. 그 눈물에 상황을 짐작한 김 사장은 말없이 제로의 어깨에 손을 올렸다.

"제 탓이에요. 너무 우쭐했어요. 내가 뭐라고……."

"네 탓이 아니야. 자책하지 마라."

"아뇨, 정말로……."

"제로!"

제로는 고개를 들어 김 사장을 바라봤다. 그의 얼굴에도 슬픔이 가득했다.

"떠나간 혈육을 잃을 때 가장 하지 말아야 할 건 자책이야. 나도 우리 아들을 떠내보내고 긴 시간을 술독에 빠져 살았어. 못난아비 만나 그렇게 간 거 같아서."

"……."

"하지만 그런 모습에 가장 마음이 아플 건 바로 떠난 사람이란다. 그러니까 제로야. 우리 아들과 너희 엄마를 슬프게 하는 일은 그만하자꾸나. 아직 할 일이 있잖니."

김 사장의 위로에는 그가 긴 시간 차곡차곡 담아낸 진심이 담겨 있었다. 진심이 상처를 부드럽게 감싸 안았다. 여전히 아픔에 눈물이 나왔지만, 제로는 조금이나마 마음을 추스를 수 있었다.

"고맙습니다."

김 사장은 대견하다는 듯 제로의 머리를 헝클였다.

"그래. 움직일 수는 있겠냐?

제로는 천천히 누워 있던 수술대에서 내려왔다. 아직 온몸이 둔하긴 했지만, 움직이는 데는 문제가 없었다.

"차는 지하 3층에 있다. 빨리 애들 찾아서 올라가자."

"폭탄은요?"

"B-6, E-3, A-1. 네가 말한 구역에 다 설치했다."

김 사장은 휴대전화를 흔들었다. 휴대전화에는 무선으로 폭탄을 폭파시킬 수 있는 프로그램이 깔려 있었다. 박성호 박사와 대면할 계획을 꾸미던 중, 제로는 자영의 자료에서 우연히 이 연구동의 설계 도면을 발견했다. 겉으로 드러난 건물 깊은 아래 비밀리에 지어진 이 연구동은 자영의 자료를 제외하고는 어디에서도 흔적을 찾을 수 없는 곳이었다.

제로는 이 연구동이 바로 박성호 박사의 핵심 연구가 진행되고, 많은 자료가 잠들어 있는 곳이라 생각했다. 그리고 자신들이 납치된다면 분명 이곳에 오리라고도 예상했다. 그래서 제로는 자신이 납치돼 이곳의 시선을 한점에 모으는 동안 김 사장을 통해 건물을 지지하는 핵심 위치에 폭탄을 설치하고 폭파시켜 그의 연구를 망치는 동시에 무사히 탈출할 계획을 세웠다.

"어이, 너 일어나 봐."

김 사장이 구석에서 떨고 있는 연구원을 일으켰다.

"사, 살려……."

"이 애랑 같이 잡혀 온 아이들, 어디에 있어."

김 사장은 연구원의 목에 칼을 들이대며 낮게 위협했다.

"힉, 여기서 세 층 아래 있는 실험실에 있습니다."

김 사장은 칼을 휘둘러 연구원의 목에 있는 카드키를 잘라 제로에게 던졌다.

"카드를 챙겨라. 이게 없으면 아무 데도 못 가."

제로는 카드키를 손에 쥐고 김 사장과 함께 밖으로 나왔다. 다행히 늦은 시간이라 그런지 복도에는 사람들이 거의 없었다. 제로는 김 사장에게 이송당하는 척하며 연구원이 말한 아래층으로 향했다. 그리고 얼마 지나지 않아 제로가 있던 곳과 비슷한 형태의 연구실을 발견했다.

"원, 투!"

제로와 김 사장은 문이 열리자마자 기민하게 안으로 뛰어들었다. 안에 있던 연구원은 깜짝 놀라 경비를 부르려 했지만, 김 사장이 한발 빠르게 칼을 댔다. 제로는 다급히 원과 투의 상태를 확인했다. 다행히 둘 다 멀쩡했다. 원이 몇 겹이나 되는 구속복을 입고 괴로워하고 있긴 했지만, 의식도 멀쩡했고, 크게 다친 곳도 없어 보였다. 여러 실험을 진행해야 하는 만큼 컨디션 관리를 해 준 듯했다. 김 사장은 연구원을 협박해 묶인 둘을 풀었다.

"제로, 미안해. 내가 그때……."

입마개를 풀자마자 원은 제로에게 사과했지만, 제로는 그저 원을 끌어안았다.

"아냐, 원. 그건 누구의 잘못도 아냐. 자책하지 마. 그럼 엄마가 더 슬퍼할 거야. 알았지?"

원은 눈물을 흘리며 제로의 품에서 고개를 끄덕였다. 김 사장
이 그 모습을 보며 흐뭇한 미소를 지었다.

"투, 괜찮아?"

"고마워."

투는 팔을 문지르며 제로에게 감사 인사를 했지만 눈을 마주
치지 못했다. 사실 소이가 박사를 설득하겠다고 했을 때, 그는 약
간 흔들렸었다. 이 고통만 없애 준다면 평생을 쥐 죽은 듯이 살
아도 좋았으니까.

그러나 남에게 의지한 행복은 결국 이루어지지 않는 모양이
었다. 투는 이곳을 빠져나가면 이번에는 정말로 자기 스스로 할
수 있는 무언가를 찾아봐야겠다고 생각했다. 어쩌면 김 사장의
말대로 악기 연주를 배우는 것도 나쁘지 않을 듯했다.

삐익, 삐익.

"뭐야?"

그 순간, 연구동 전체에 귀를 찢을 듯한 경보가 울렸다.

"들켰나 본데?"

"그러니까 내가 연구원을 묶고 오자고 했잖냐."

"어쩔 수 없었어요."

아까 연구실을 빠져나오면서, 김 사장은 연구원을 묶어두려
했지만, 제로는 폭발에 휘말릴 수도 있었기에 그를 묶는 대신 죽

기 싫으면 아무 말도 하지 말고 달아나라고 으름장을 놨었다. 당연히 제로도 연구원이 순순히 달아날 거라고 생각하진 않았다. 그저 그 행동이 제로가 포기할 수 없는 마지막 양심이었다.

"움직일 수 있겠어?"

"응. 괜찮아."

어찌 됐든 상황은 이미 터졌고, 자신들은 할 수 있는 걸 하는 수밖에 없었다.

"가자!"

네 사람은 연구실을 박차고 나와 전속력으로 달렸다. 제로는 납치당하기 전 연구동의 도면을 수도 없이 보면서 그대로 머리에 박았기에 어디에 뭐가 있는지 훤했다.

"소이는?"

당장 숨이 넘어갈 듯 달리면서도 마음에 걸리는지 투가 넌지시 물었다.

"……"

제로는 말없이 고개를 저었다. 소이가 여기 있을지 확신할 수도 없었을뿐더러, 시간이 촉박했다. 그리고 무엇보다 소이를 만나고 싶지 않았다. 그녀에게 무슨 말을 꺼내야 할지 몰랐다. 소이는 분명 엄마가 죽은 원인을 자신이라 생각하며 원망할 터였다. 다들 그 마음을 짐작했는지 더는 소이에 관해 이야기를 꺼내지 않았다.

연구동을 달려 나가면서 몇몇 연구원이 앞을 막아섰지만, 그들을 막을 수는 없었다. 탈출 성공이 눈앞에 다가왔다.

"좋아. 여기만 지나가면 돼."

김 사장이 숨을 헐떡이면서도 기쁘게 중얼거렸다. 여기만 넘어가면 탈출이었다. 그는 마침내 이루게 된 복수에 벅찬 환희를 느꼈다.

"여, 오느라 고생 많았어."

그러나 그 환희는 마지막 문을 연 순간 무참히 사라지고 말았다. 넓은 연구동 중앙에 박성호 박사와 윤철, 그리고 그들이 데려온 수십 명의 부하들이 서 있었기 때문이다.

"한 방 먹었군. 설마 일부러 잡힌 거였나. 너희들을 꿀꺽 삼켰다 생각하며 방심한 사이 속에서부터 나를 무너뜨리려고?"

비밀 연구동의 구조상 이곳을 벗어나려면 마지막으로 중앙에 자리한 계단을 이용해야만 했다. 그 사실을 박성호 박사가 모를 리 없었다.

"고작 애새끼들이 가상하구나. 윤철아."

"예."

박성호 박사는 적어도 겉으로는 인자했던 지금까지와는 달리 말투가 굉장히 거칠어졌다.

"제로 말고 다 죽여. 저 녀석은 다시 도망가지 못하게 다리 하나 날리고. 그 정도는 연구에 지장 없겠지."

윤철이 씩 웃으며 총을 꺼내 들었다. 이대로라면 꼼짝없이 붙잡힐 상황이었다. 결단을 내려야 했다. 제로는 겨우 옆에만 들릴 정도로 작게 중얼거렸다.

"김 사장님, 지금 터뜨리세요."

"뭐? 너무 위험해! 거기다 여기는……."

김 사장은 제로의 말에 깜짝 놀랐다. 곳곳에 설치한 사제폭탄은 김 사장이 지인들을 총동원해 특수 제작한 폭탄으로, 폭발력이 엄청났다. 그 충격은 지하 연구동뿐만 아니라 위에 지어진 건물까지 모조리 무너뜨릴 거였다. 원래는 차를 타고 의료단지를 벗어난 뒤에 터뜨릴 계획이었는데 지금, 그것도 건물 안에서 터뜨리라니, 자살하겠다는 거나 마찬가지였다.

"지금 달아날 방법은 그것뿐이에요."

그러나 제로는 아무리 생각해 봐도 그것 말고는 이 상황을 벗어날 방법이 떠오르지 않았다. 김 사장은 절박한 제로의 눈을 보고 더는 지체할 수 없다는 걸 깨달았다. 그는 잠깐 심호흡을 하고, 그대로 휴대전화를 들어 올렸다.

"너 지금 뭐……."

윤철이 이상함을 느끼고 제지하려 했지만, 김 사장의 손이 더 빨랐다.

쾅!

커다란 굉음과 함께 지진이 난 듯 건물이 흔들렸다. 폭발은 곧

연쇄 폭발을 일으키며 크고 작은 진동이 쉴 새 없이 일어났다. 건물 벽이 갈라지고, 천장이 무너졌다. 사람들은 갑작스러운 충격에 모두 중심을 잃고 넘어지거나 비틀거렸다.

그러나 그 상황을 짐작하고 있던 제로는 순간을 놓치지 않고 달려 나갔다. 예상보다 큰 충격에 중심을 잡기 힘들었지만, 가까스로 균형을 잡으며 윤철이 자세를 잡기 전 있는 힘껏 그의 손을 찼다. 그가 쥐고 있던 총이 저 멀리 날아갔다.

"으아아악!"

그리고 그 순간, 천장이 무너져 내리며 박성호 박사의 머리 위로 떨어졌다. 한때는 신의 자리까지 넘보던 그였지만, 할 수 있는 일이라고는 그저 비명을 지르는 일뿐이었다.

"박사님!"

윤철이 경악하며 달려갔지만 이미 천장을 이루던 잔해가 그대로 박성호 박사를 덮친 뒤였다. 참 보잘것없는 죽음이었다.

"이 새끼들!"

윤철은 폭발보다 더 큰 고함을 지르며 제로에게 달려들었다. 그는 놀랍게도 울고 있었다. 제로는 저돌적인 윤철의 공격에 그대로 목이 졸려 바닥에 쓰러졌다. 얼굴과 몸으로 철근 같은 주먹이 쏟아졌다. 뒤에 있던 부하들도 균형을 잡으며 김 사장과 아이들을 잡으려 다가왔다. 김 사장은 칼을 들고, 원은 근처에 있던 벤치를 들어 그들을 상대할 준비를 했다.

탕.

그 순간, 갑작스러운 총성이 울렸다. 모두가 행동을 멈췄다. 윤철의 눈에 믿을 수 없다는 기색이 스쳤다. 그의 눈에서 빛이 사라지더니 그대로 허물어졌다. 제로는 윤철을 옆으로 밀치며 고개를 들었다. 그의 머리에 커다란 구멍이 생긴 게 보였다. 저 멀리서 투가 총을 든 채 떨고 있었다.

"마더의 복수를 한 것뿐이야."

투는 이내 손에 쥔 총을 떨구고는 쓰러진 제로에게 다가와 손을 내밀었다. 제로는 말없이 투의 손을 잡고 일어섰다.

"어때? 나도 도움이 좀 되지?"

투의 말에 제로는 씨익 웃으며 고개를 끄덕였다. 그리고 그에게 몸을 의지했다.

"억!"

하지만 몇 걸음 걷지도 못하고, 제로는 옆구리에 불에 덴 듯한 통증을 느끼며 다시금 쓰러졌다.

"소이!"

뒤를 돌아본 투가 경악에 물들어 소리쳤다. 소이가 깨진 유리 조각을 든 채 서 있었다. 긴 유리 조각에는 제로의 피가 묻어 있었다. 소이는 바닥에 쓰러진 제로에게 쏘아붙였다.

"도대체 얼마나 더 내 앞길을 막아야 만족할 거야!"

소이는 유리 조각을 들고 성큼성큼 다가왔다. 제로는 달아나려 했지만, 몸이 잘 움직여지지 않았다. 옆구리에서는 피가 쉴 새 없이 흘렀다. 소이는 그대로 제로 위에 올라타 유리 조각을 내려 찍었다. 제로는 양손을 들어 필사적으로 유리 조각을 막았다.

"익······!"

베인 손에서 피가 흘렀다. 그건 유리 조각을 쥔 소이도 마찬가지였지만, 결코 힘을 빼지 않았다. 소이의 피가 제로의 얼굴 위로 떨어졌다.

"이제 내 인생이 조금 달라지나 싶었는데!"

소이는 눈물을 흘리며 절규했다. 박성호 박사의 신임을 얻어 이제 좀 자신의 인생이 달라지나 싶었는데, 방금 모든 게 사라졌다. 자신이 많은 걸 희생하면서 간신히 얻은 성공으로의 길이 모래알처럼 흩어진 것이다.

"네가 오고 나서 우리 가족은 엉망이 됐어. 가난하고 비참해도 소중한 가족이었는데······. 꺼져!"

소이는 온몸의 무게를 실어 제로를 찍어 눌렀다. 평소라면 절대 질 리가 없었지만, 옆구리를 찔린 탓에 좀처럼 힘이 들어가지 않았다. 유리 조각이 점점 제로의 눈앞으로 다가왔다.

"헉······!"

그 순간 커다란 무언가가 소이를 덮쳤다. 투였다. 자리에서 일어난 투는 말 그대로 몸을 날려 소이를 막았다. 둘은 엎치락뒤치락하며 몸싸움했다.

쾅! 또 한 번의 폭발이 일어났다. 둘이 그 여파로 그대로 난간에 부딪혔다. 그러나 폭발로 약해져 있던 난간은 두 사람과 부딪히자 그들을 받쳐주지 못했다. 난간은 너무나도 쉽게 부서져 버렸고, 둘의 몸은 허공에 떠올랐다.

"투!"

억눌린 비명을 지르는 게 제로가 할 수 있는 전부였다. 모든 게 느리게, 그리고 선명하게 보였다. 경악에 물든 소이의 얼굴, 유리 조각을 뿌리며 부서지는 난간, 그리고 의외로 담담한 투의 얼굴까지. 마지막 순간, 투가 입술을 달싹이며 말했다.

고마웠다. 다들.

"투, 으아악! 투!"

원이 떨어지는 투를 보고 비명을 지르며 달려왔지만, 투는 그대로 떨어졌다. 아래쪽에는 합선으로 불이 났는지 새카만 연기가 자욱했다. 원은 투가 떨어진 자리에서 절규했다. 제로도 정신을 차리지 못했다. 자신의 잘못된 생각으로 명은에 이어 투까지 죽어버리자 정신이 나갈 듯했다.

"제로, 일어나라. 달아나야 해. 내가 해 준 말 기억하지? 너희까지 죽으면 진짜 모든 게 개죽음이야!"

어느새 다가온 김 사장이 제로와 원을 일으켰다. 박성호 박사가 죽고 윤철까지 죽어 버리자 부하들은 모두 의욕을 잃고 달아난 상태였다. 도망치려면 지금뿐이었다. 언제 건물이 무너지고 불길이 이곳을 덮칠지 몰랐다.

"제발, 안 돼! 투!"

제로는 김 사장에게 업혀 계단을 오르면서도 쉴 새 없이 투의
이름을 불렀다.

17

다음 뉴스입니다. 벌써 한 달 전이죠. 강원도에 자리한 세온 의료단지에서 큰 화재가 발생한 사건이 있었는데요. 당시 사망했던 박성호 박사의 비밀문서가 유출돼 과학계는 물론이고 사회에 큰 파장이 일고 있습니다. 비밀문서에는 박성호 박사가 오랫동안 실행한 비인도적인 실험 내용을 담고 있는데요. 사실 여부를 두고 유족들은 고인에 대한 명예훼손이라며 법적 대응을 예고했습니다…….

제로는 라디오를 끄고 아래를 내려다봤다. 굽이진 산등성이가 화창한 날씨와 어우러져 절경이었다. 어느새 가을로 접어든 덕분에 산 중턱에 시원한 바람이 불었다. 제로는 그 바람을 맞으며 잠시 눈을 감았다.

"항상 이런 날엔 날씨가 좋아요."

김 사장이 투덜거리며 제로의 옆에 앉았다. 그리고 보온병을 열어 커피 한 잔을 따라줬다.

"인사는 다 하셨어요?"

제로는 뒤편에 자리한 무덤을 쳐다봤다. 소박한 음식들이 차려져 있고, 피운 담배 연기가 향처럼 하늘을 향했다. 지철의 묘비 옆에는 만든 지 얼마 안 된 무덤이 세 개 있었다. 무덤 주인도, 그들이 쓴 물건도 담겨 있지 않은, 그저 기리기 위한 무덤들. 원은 투의 무덤 앞에 앉아 그 옛날 아픈 몸을 마사지해 줬듯이 하염없이 쓰다듬었다. 그러나 그때와 달리 원의 표정은 어두웠다. 그는 그날 이후로 한번도 웃지 않았다.

"그 개자식이 죽으면 맘껏 웃을 수 있을 거 같았는데, 기분이 썩 좋지 않구나."

김 사장이 원을 돌아보며 한숨을 내쉬었다. 모두 같은 마음이었다. 기뻐하기엔 너무나도 많은 죽음을 겪었다.

"이제 어떡할 거냐?"

"……그런 일이 있었는데, 세상은 달라진 게 없어요. 제 세상은 모든 게 바뀌었는데 말이죠."

그날, 세온 의료단지에서의 일은 내부 누전으로 인한 화재로, 박성호 박사의 죽음은 슬픈 우연으로 치부됐다. 세온 측으로서는 화재에 대해 자세히 설명하려면 왜 지하 깊숙한 곳에 별도의 연구시설을 만들었냐부터 왜 사람을 감금하고 실험했는지까지 밝혀야 했으니 어쩔 수 없었을 거다. 하지만 그런 노력이 무색하게 제로는 모든 자료를 세상에 공개했다. 당초 계획했던 대로 자신들이 전면에 나서지는 않았지만, 자료에 담긴 엄청난 진실은 박성호 박사의 죽음과 맞물려 큰 사회적 파장을 낳았다.

그러나 그뿐이었다. 뉴스가 다른 뉴스로 넘어가듯 사람들은 그 사건을 연예인의 음주운전이나 정치인의 막말 사건처럼 그저 혀를 한번 차고 지나갈 뿐이었다. 제로는 지금과 같은 기세가 얼마 가지 못 하리라 확신했다.

"일단 출생신고부터 하자꾸나. 이제 너희를 죽이려는 사람도 없잖아."

"아뇨. 저희는 앞으로도 계속 이 세상에 없는 사람인 게 좋을 거 같아요."

"왜?"

"하고 싶은 일이 있거든요."

제로는 자리에서 일어났다. 마침내 오랫동안 한 고민의 답이 잡혔다. 이 세상은 바뀌어야 했다. 그리고 남들이 바꿔주기를 바라선 안 됐다.

"사장님. 빚은 조금 더 있다가 갚아도 될까요?"

"왜? 뭘 하려고."

김 사장을 내려다보는 제로의 눈은 그곳이 아닌 먼 어딘가를 바라보고 있었다.

"세상을 바꾸려고요."

***

깊은 밤, 한 중년 여성이 현관문을 열고 집으로 들어왔다. 어두컴컴한 집은 현관 전등에 비친 실루엣만으로도 부잣집임을 알 수 있을 정도로 으리으리했다.

여자는 절뚝거리며 대리석 바닥을 걸어 거실 한가운데에 자리한 소파에 주저앉았다. 지친 듯 눈을 감고 소파에 몸을 파묻는 여자. 그녀가 앉은 소파 앞 벽면에 빼곡히 진열된 상장과 상패에는 모두 '한소이'라는 이름이 적혀 있었다. 불도 켜지 않고 눈을 감고 있던 소이는 어둠에 대고 말했다.

"그렇게 쭉 그림자로 살면 기분이 어때?"

"⋯⋯."

캄캄한 어둠에서 한 남자가 걸어 나왔다. 큰 키에 오뚝한 코를 가진 남성은 날카로운 눈으로 여자를 노려봤다. 달빛은 그의 얼굴을 남자로도, 소년으로도 보이게 했다.

"오랜만에 만난 누나에게 인사도 안 해?"

소이는 장난스럽게 그 남자, 제로를 향해 말을 던졌다. 제로는 잠시 말을 고르는 듯 입술을 깨물었다가 입을 열었다.

"……너는 어때? 모든 걸 버리고 원하던 걸 얻은 기분이?"

"최고지! 이걸 봐, 이 집, 명예, 돈, 그리고 힘! 이걸 얻기 위해 고작 그 정도 희생한 거면 남는 장사 아냐? 넌 그렇게 살아 뭘 얻었는데?"

제로는 소이의 얼굴을 쳐다봤다. 여기저기 화상 자국으로 얼룩덜룩한, 그러나 두 눈에 여전히 불꽃을 품고 있는 여자. 소이의 얼굴에는 이제 성격이 조금 날카롭기는 해도 어머니를 끔찍이 아끼던, 자존심이 세긴 하지만 배고파 쩔쩔매는 자신들에게 따뜻한 밥 한 끼를 대접하던 그 소녀는 어디에도 없었다.

"난 적어도 어머니에게 자랑스러운 자식이 되려 살고 있어."

제로의 입에서 어머니라는 말이 나오자 소이의 얼굴이 일그러졌다. 그녀가 테이블에 놓인 화병을 집어 던지며 악을 썼다.

"어머니? 네가 어디서 그 말을 입을 올려. 우리 엄마가 죽은 건 다 너 때문이야, 네가 나타나지 않았으면 그런 일이 일어날 일도, 엄마가 총에 맞아 죽을 일도 없었어. 도대체 무슨 양심으로 그런 말을 하는 거야!"

소이는 그걸로도 분이 풀리지 않았는지 제로에게 달려들려 했지만, 불현듯 나타나 팔을 붙잡은 원 때문에 그럴 수 없었다. 소이를 노려보는 원의 눈동자가 그 어느 때보다 붉게 빛났다.

"이거 안 놔?"

소이는 팔을 빼내려 안간힘을 썼지만, 원은 미동조차 하지 않았다.

제로는 품에서 총을 꺼내 소이에게 다가갔다.

"나는 오랫동안 널 봐 왔어, 한소이. 네가 언젠가는 올바른 길로 돌아갈 거라 생각하면서."

"올바른 길? 뭐가 올바른 길인데? 네 마음에 안 들면 다 틀린 길이야? 네가 신이라도 돼?"

고래고래 악을 지르는 소이를 제로는 안쓰럽다는 듯 바라봤다. 그는 잠시 주저했지만, 결국에는 총을 들어 올렸다. 소이는 애써 괜찮은 척하려 했지만 손끝이 옅게 떨렸다.

"네 잘못이 더 커지기 전에 내 손으로 끝내는 게 도리라고 생각해."

"내가 죽으면 이 모든 게 끝난다고 생각해? 이건 개인의 욕망이 아냐. 세상이 그렇게 진화하고 있는 거라고! 내가 죽어도 또 다음 사람이 나타날 거야. 박성호 박사 때처럼."

제로는 눈물을 흘렸다. 소이가 가련해서, 그녀의 말에 틀림이 없다는 걸 알아서. 그러나 소이를 바라보는 눈동자는 한 치의 흔들림도 없었다.

"그럼 나 같은 사람도 나타나겠지. 버려지고, 소외된 채 살면서 세상이 그렇게 변하는 데 절대 동의하지 않는 방해꾼들이."

탕, 제로가 내리는 손을 따라 소이가 허물어졌다. 수많은 지식이 담겼던, 인류에게 도움이 될 수도 있었던 지식이 가득했던 그 자리엔 커다란 구멍이 생겼다.

구멍에서 흘러내린 피는 누구라도 붙잡으려는 듯 사방으로 뻗어 나갔지만, 그곳엔 이미 아무도 없었다.

『디 피플』의 등장인물은 불완전하고 비정상적이다. 나도 그렇다. 태어나서 지금까지 한 번도 완전하고 정상적이라 느낀 적이 없었다. 단지 사회에서 정의해 놓은 길을 벗어나지 않으려고 노력했을 뿐이다.

그럴 때마다 생각했다. 나는 왜 태어났을까.

이 소설은 나와 같은 고민을 가진 인물들이 여러 사건을 통해 '나만의' '완전'하고 '정상적'인 무언가를 찾아가는 과정을 그린 이야기다. 동시에 세상의 밑바닥에서 살아남은 한 '소년'과 무능력하지만 사랑만은 가득한 '엄마'의 드라마이기도 하다.

사실, 집필하는 과정이 순탄하지만은 않았다. 처음에는 즐거이 종이 위를 오가던 주인공들이 점차 구체화되고 설정에 살이 붙으면서, 그들의 행동과 생각을 내가 좌지우지한다는 게 막막하고 두려웠다. 과연 내가 이 글을 끝까지 책임질 수 있을까 하는 걱정에 글을 쓰는 내내 마음이 무거웠다. 그러나 스스로도 믿지 않았던 가능성을 믿고 첫 장편을 마무리 지을 수 있도록 곁에서 도와준 분들 덕분에 나는 마침내 기나긴 이야기의 맺음말을 적는다. 그분들에게 감사의 말을 전하고 싶다.

또 소재에 대해 함께 고민하고 이야기해 준 내 든든한 조력자 효니와 팔칠이에게도 고맙다. 그밖에 항상 응원을 아끼지 않은 가족과 친구들도, 나약한 스스로를 탓하면서도 제로와 원, 투, 그밖의 많은 이들을 포기하지 않은 내게도 고맙다. 하고픈 말이 많았는데, 적다 보니 모두 감사한 이야기뿐이다.

마지막으로 한 가지 감사를 더할 수 있다면, 내 첫 장편소설을 읽어 주신 모든 독자께 고개 숙여 감사의 말을 전하고 싶다.

진심으로 감사합니다.

2023년 4월 30일

김구일

디 피플

2쇄 발행 2023년 7월 3일

지은이 　김구일
펴낸이 　배선아
편집 　김현석
디자인 　이승은
본문 디자인 　김윤남
펴낸곳 　고즈넉이엔티

출판등록 　2017년 3월 13일 제2022-000078호
주소 　서울시 마포구 성지1길 35, 4층
대표전화 　02-6269-8166
팩스 　02-6166-9199
이메일 　gozknockent@gozknock.com
홈페이지 　www.gozknock.com
블로그 　blog.naver.com/gozknock
페이스북 　www.facebook.com/gozknock
인스타그램 　www.instagram.com/gozknock

표지 일러스트 불키드